INK INK INK INK INK INK
INK INK INK INK INK INK INK
INK INK INK INK INK INK
INK INK INK INK INK INK INK
INK INK INK INK INK INK
INK INK INK INK INK INK INK
INK INK INK INK INK INK
INK INK INK INK INK INK INK
INK INK INK INK INK INK
INK INK INK INK INK INK INK
INK INK INK INK INK INK
INK INK INK INK INK INK INK
INK INK INK INK INK INK
INK INK INK INK INK INK INK
INK INK INK INK INK INK
INK INK INK INK INK INK INK
INK INK INK INK INK INK
INK INK INK INK INK INK INK
INK INK INK INK INK INK
INK INK INK INK INK INK INK
INK INK INK INK INK INK
INK INK INK INK INK INK INK
INK INK INK INK INK INK
INK INK INK INK INK INK INK
INK INK INK INK INK INK
INK INK INK INK INK INK INK
INK INK INK INK INK INK

王安憶作品集③

流逝

王安憶・著

目次

導讀

女性的故事，城市的故事

胡錦媛

讀王安憶小說的種種感受總結起來就是驚豔，驚豔。

這本集子所收的兩篇小說〈流逝〉與〈「文革」軼事〉的情節密度濃縮，極其簡潔，簡潔到其實以短篇的篇幅就可以呈現其「動作」（action）。但是王安憶卻以中長篇的篇幅來敘述故事內容，多的便是對物質瑣事外在世界以及人物角色內心世界的細節描寫，千言萬語，反覆迴轉，綿綿不盡，自篇首貫穿至篇尾。這種冗長細緻的敘述使小說整體的前進方向在過程中顯得模糊不清，而產生一種暫時性的、迷離徘徊的幻象。可是王安憶小說的特色與其引人入勝之處正在於這種細節描寫，這種看似與情節發展並無直接關聯的「非事件」（non-event），而小說的微言大義也卂自巧妙地深藏其中。

讀者在品味王安憶小說的敘事手法之餘，自然不免好奇小說中那細膩的、似乎永不止息的綿長敘述究竟從何而來。對此，王安憶以「邏輯的推動力量」來解釋。在〈我的小說觀〉中，她說：「一旦承認小說是要創造一個存在物，自己個人的經驗便成了很大的限制。要突破限制，僅僅靠個人經驗的積累和認識，是不夠的，因爲任何人的經驗與認識都是有限的，還應當依靠一種邏輯的推動力量，我就稱之爲小說的物質部分」，而「物質部分落實到小說具體寫作的過程中，便是敍述方式的面貌」。這份追求理性與秩序、企圖對萬事萬物進行解讀的邏輯推動力量，明顯地決定〈流逝〉的整體敘事。

在〈流逝〉中，女主角端麗在文化大革命期間擔負照顧全家大小的重任，每日在窘迫的景況中張羅衣食，辛苦工作，處理各種棘手事務。雖然端麗也曾暗自希望自己的丈夫「能力強一點」，好讓她依賴，但是她終究由一個小鳥依人般的富嬌女磨鍊成爲獨立幹練的家庭主婦。經過十年的苦難後，端麗夫家的抄家物資與房舍得到歸還，經濟獲得改善，生活回復到文革前的情景。端麗向工作單位請了長假，在家優閒度日。從工作的壓力中解放出來，端麗雖然感到安慰，卻也深自悲哀。她的日子在逛街、舞會的揮霍中變得無聊煩悶。她時常回想：「當時自己是多麼能幹，多麼有力量。那個能幹的女人這會兒到哪兒去了呢？而且，究竟那個能幹的女人是不是自己呢？她恍恍惚惚的，心裡充滿了一種迷失的感覺。」端麗迷失的感覺是與「對過去毫無依戀」的革命理念互相衝突的，她所企圖把握的是個人在時光流轉、世事變遷的暴力下的眞實感覺，她所抗拒的是讓空洞僵硬的集體教條決定個人的感覺結構。端麗的丈夫告訴她：『「文化大革命」已經過去了，徹底過去了，再也不會有了。』端麗並非不同意這是個歷史事實，可是「邏輯的推動力量」卻讓她堅持追尋一個更高的「新的秩序」，她想：「要眞是這麼一無痕跡，一無所得地過去，則是一樁極不合算的事。難道這十年的苦，就這麼白白地吃了？總該留給人們一些什麼吧！」她期盼在新的秩序中，混亂無章的「過去」與花朵的開落同樣被整理、被珍視成爲記憶：「時間在過去，悄悄地替換著昨天和明天。它給人們留下了露水，霧，蓓蕾的綻開，或者凋謝。然而，它終究要留給人們一些什麼，它不會白白地流逝。」

翻天覆地的劇變時代造就了一個成熟幹練的端麗，因爲男尊女卑的傳統文化在她的生命裡留下許多尚待發展的空間，她過去被長期壓抑的生命能量在艱困的絕境中得到發揮，而端麗所居住的上海更以其十里洋場的繁華與做爲人口聚散出入中心的機動性質，爲她鋪設了伸展身手的舞台。正如王安憶在〈上海的女性〉中所指出：「要寫上海，最好的代表是女性……上海女性中，中年的女性更有代表性，她們的幻想已經消滅，緬懷的日子還未來臨，更加富於行動。」只不過，中年女性端麗的行動力並沒有眞正改變她周遭人事的階層關係。在經濟好轉後，她那「只會玩」的無能丈夫向她要求索回傳統的父權家長地位：

「我是你的什麼人啊？是你丈夫，是一家之主，總要聽聽我的意見。」

時代造就端麗，但卻無法接納她的（女性）自覺。在歷史的洪流中，端麗期盼文革苦難十年的成長經驗「不會白白地流逝」，究竟只是一個中年女性謙卑的願望。

〈「文革」軼事〉以「文革」爲篇名，說的卻是城市的故事。政治的文革只是做爲一個引子，引出張家兒女彼此之間的恩怨情仇，以及他／她們與上海這城市合而又離的糾纏關係。

在小說一開始，資產階級出身的張思葉因文革而「受盡損失」，工人階級出身的趙志國也處在「沒有位置」的虛空狀態。當趙志國跟隨張思葉從「後門」走進張家，他驚訝地發現張家房子的空間竟帶有「後花園」的景象，是個「鮮豔活潑」的世界；對他而言，張家房子是上海城市的縮影，他「走進張家這房子可說是他首次親身體驗這城市的繁榮景象」。對於「面臨畢業分配何去何從」的張思葉，上海這個城市也施展了決定性的影響力：「和青工趙志國結婚，無疑地就在留上海的可能性上押了一塊籌碼……是她唯一的收穫。」

住進張家後，趙志國憑著英俊瀟灑的外表、能說善道的口才與他對上海都會生活菁華的領會，「得到」張家全家人的喜愛與倚重，成爲張家的主角。相對於張家足不出户的女流之輩，趙志國平日進出於張家門戶與外面世界之間，是個不斷移動的主體。而最能凸顯趙志國在移動中的感悟的莫過於他的「離城記」（第九、十、十一章）。趙志國到安徽探望下鄉鍛鍊的張思葉，在火車上夢見他到了一個和上海一模一樣的陌生城市，他急得想回上海卻找不到火車站。以佛洛伊德的「驚悚」（uncanny）理論來印證，這個熟悉卻又陌生的事物讓（旅）人不安，因爲它暗指了「無家」的深層事實。的確，趙志國回不去上海，因爲他在張家所體驗到的上海繁榮景象早已是「繁榮景象的凋零之秋」，而他「大約是傷悼這城市最痛心的人」。

小說的結尾呼應開端的「損失／得到」辯證，來呈現上海人與城市的合離關係。當初趙志國在張思葉的閨房走出「超越邊界」的一步，是藉著張家在亂世紀律鬆懈的方便。張家父親在隔離審查回來後，重整紀律，規畫分房。趙志國與張思葉覺得受了委屈，決定去杭州，離開上海，他／她們了解到：「這個家不能待了，上海也不能待了……這本就是一個受損失的時代，假如得到什麼，結果就是加倍地失去。」

上海終究只是趙志國的一個「轉接地」（transtopia）。做爲全篇小說的意識中心與一個口述能力極佳的移動者，趙志國離開上海，是暗喻這城市是無法被規範敘述？做爲傷悼上海最痛心的人，趙志國留下的是張家樓房所有權或是上海城市的記憶？

王安憶曾說：「城市無故事。」但是在〈「文革」軼事〉中，王安憶以深刻細膩的心理描寫，敘述了一個動人的城市故事。因爲王安憶接著又說：「……於是我們便只有一條出路：走向我們自己。我們只擁有我們各人自己的內心的故事。」

（本文作者爲政治大學英語系副教授）

流逝

當時自己是多麼能幹，多麼有力量。那個能幹的女人這會兒到哪兒去了呢？而且，究竟那個能幹的女人是不是自己呢？她恍恍惚惚的，心裡充滿了一種迷失的感覺。她像一個負重的人突然從肩上卸下了負荷，輕鬆極了，輕鬆得能飄起來，輕鬆得失重了。

1

隔壁房間裡的自鳴鐘「噹噹噹」地打了四點，歐陽端麗在黑暗中睜開眼睛，再不敢睡了。被窩很暖和，哪怕只多待一分鐘也好，她拖延著時間。誰家的後門開了，又重重地碰上了司伯靈鎖——「砰」，隨後，弄堂裡響起一陣又急又碎的腳步聲。端麗咬咬牙翻身坐起，把被子一直推到腳下，似乎爲了抵抗熱被窩的誘惑。一團寒氣把她包裹了，打著寒噤，迅速地套上毛衣、棉襖、毛褲——毛褲軟綿綿的很難套上。五分鐘以後，她已經圍著一條黑色的長圍巾，挎著籃子，擰開後門鎖，重重地碰上門，匆匆走了，身後留下一串杳杳的腳步聲。

天，很黑。路燈在冰冷的霧氣裡哆嗦。幾輛自行車飛快地馳過去，三兩個人縮著脖子匆匆走著，一輛無軌電車開過了。端麗把圍巾沒頭沒腦地包裹起來，只露出兩隻眼睛，活像個北方老大嫂。風吹來，刀子割似的，一下子就穿透了毛線褲和呢褲，她覺得似乎只穿了條單褲。俗話說：寒從腳底來。腿一凍，帶得全身都打哆嗦。該做一條薄棉褲，她思量著。從沒想到上海會有這麼料峭的北風。因爲她從來不曾起這麼早並且出門，她也從不曾以爲早起出門是什麼難事。有時，阿寶阿姨沒買到時鮮菜，她會說：「你不能起早一點嗎？」現在，阿寶阿姨走了，輪到她早起了。她嘆了一口氣。

穿過馬路，趕上前邊那個挎菜籃的老太婆，又被兩個小姑娘從身後超過，街面房子的門裡不時有人走出，提著竹籃，打著呵欠，碰上了門，袖著手向前走去。走向菜場的隊伍漸漸壯大了。到了路口，轉彎，前面就是菜場。昏黃的燈光像一大團濃重而渾濁的霧氣，籠罩著熙熙攘攘的人群。地上潮漉漉黏答答的像剛下過一場細雨，這裡那裡沾著菜皮、魚鱗。人聲嘈雜，都在說話，都聽不清在說什麼。一輛黃魚車橫衝直撞地過來了，人流被劈成兩股。一夥小孩子和婦女擠在黃魚攤前，吵吵嚷嚷，推推搡搡，眼看著要打起來了。端麗趕緊站遠一點。這種地方，大都是被這些野孩子和以專給人家買菜爲職業的阿姨壟斷著，旁人休想插腳。他們似乎有一個什麼聯合同盟。如你想買時鮮菜、熱門菜，早早地去了，排在第三位，甚至第二位。然而一開秤，轉眼間，你會發現自己已經到了第十七、十八人後面了，哪怕在你前邊只是一塊磚頭，刹那間，也會變出這許多人來。他們互相拉扯，互相證明，結成一個牢不可破的堡壘。

端麗身不由己地走在人流中，心裡盤算來、盤算去，總也沒法子把這八角錢的菜金安排妥。公公的定息、工資全部停發，只給每人十二元生活費，還不包括已經工作了的大兒子，端麗的丈夫文耀。他自然是到了自食其力的年齡，可惜他從沒這麼打算過。他拿著六十元的大學畢業工資，早早地結了婚，生下二女一男。端麗沒有工作，大學畢業後竟把她分到了甘肅，她不去，她不少那幾個錢用。誰想到過會有這麼一天呢？六十元，要供給五口人的衣食住行。

六十元，扣除煤氣，水電，米，油鹽醬醋，肥皂草紙牙膏等費用，剩下的錢全作菜金，也只夠每天八毛。越是沒有吃的，越是饞。三個孩子本來吃飯都需要動員，而如今連五歲的咪咪都能吃一碗半飯。一碗雪裡蕻炒肉絲放在飯桌上，六隻小眼睛一眨一眨，一會兒就把肉絲全啄完了。端麗狠狠心，決定買一塊錢的肉，乾菜燒肉，解解饞，明天吃素好了。

想好了，便擠到肉攤子跟前。人不多，只排了十來個人，她在末尾站上，一邊細細打量肉案上的肉，經過衡量比較，看中了一塊夾精夾肥的肋條。前邊有兩位指著那塊肉，斬去了五分之二，可別賣完了！她的心有點跳。又有一個人要買那塊肋條肉，只剩三指寬的一條了。好在，她已排到了跟前，緊張、興奮，使她一時沒說出話來。

「要哪塊？快點快點！」賣肉的小師傅不耐煩地用一根鐵條在刀口「霍霍」地挫了幾下，後邊的人直推端麗。

「要這塊肋條，一塊錢！」她怕被人擠出去，兩手抓住油膩膩的案板。

小師傅拖起肉，一摔，一刀下去，扔上秤盤：「一塊兩毛！」

「我只要一塊錢的。」她抱歉地說。

「只多兩角錢，別煩了好不好！」

「麻煩你給我切掉，我只要一塊錢。」端麗臉紅了。

「你這個人眞疙瘩，你不要人家要！」

「給我好了，小師傅。」後面一個男人伸過籃子。端麗急了：「我要的，是我的嘛！」

她奪過肉，掏出錢包，點了一塊兩角錢給他。

肉確是很好，可是，把明天的菜金花去了一半。要麼，就作兩天吃好了。這麼一想，她輕鬆了。走過禽蛋櫃，她站住腳：買幾只雞蛋吧！蛋和肉一起紅燒，味道很好。孩子的營養要緊，來來正是長身體的時候，不能太委屈了。她稱了半斤蛋，四毛四分。作兩天吃也超支了四分。不管它了，過了這兩天再說吧！她吐了一口長氣，轉回頭走出菜場。

天色大亮，路上行人匆匆，自行車「滴鈴鈴」地直響成一片，爭先恐後地衝。有一些小孩子，斜背書包，手捧粢飯或大餅油條，邊走邊吃。端麗想起了多多和來來，加快了腳步往家走。

文耀和孩子們都起床了。多多很好，沒忘了點煤氣燒泡飯。這時，都圍著桌子吃早飯呢！

「媽媽，買油條了嗎？」來來問。

「媽媽買肉了，今天吃紅燒肉燒蛋。」端麗安慰孩子。

來來歡呼了一聲，滿意地就著什錦鹹菜吃泡飯。多多卻噘起了嘴，沒精打采地數珍珠似地往嘴裡揀飯米粒。這孩子最嬌，也許因爲她最大，享的福多一點的緣故吧，對眼下的艱苦日子，適應能力還不如弟弟和小妹妹。

「別忘了給姆媽爹爹端一點過去。」文耀說，匆匆扒完最後幾口飯，起身走了。

「好的。」她回答，心裡卻十分犯愁。

「我的語錄包呢！」多多跺著腳，煩躁地叫。

「你自己找嘛！」端麗壓制著火氣說。她剛披上毛巾開始梳頭，這麼披頭散髮地在菜場上走了一早晨，簡直不堪回首。

「咪咪，你又拿我的東西。沒有語錄包不能進校門的呀！」

端麗只好放下梳子，幫她一起找。咪咪也跟在後面找，她最小，卻最懂事。最後在被子底下找到了。

「不是我放的。」咪咪趕緊聲明。

「不是你，難道是我？」多多朝她翻翻眼，匆匆地檢查著裡面的《語錄》、《老三篇》等寶書，這是他們的課本。去年年底劃塊塊分進中學，每天不知在學什麼，紀律倒很嚴，不許遲到早退，多多這樣出身不好的孩子，就更要小心才行。

「多多，在學校少說話，聽到嗎？」端麗囑咐道，「人家說什麼，隨他的去，你不要響，別回嘴，聽到嗎？」

「曉得了！」多多下樓了。她很任性，不肯受屈，端麗最替她擔心了。

「媽媽，我走了。」來來也跟著下了樓，他還在上小學，很老實，不大會闖禍。

這時候，端麗才能定下心繼續梳頭。她的頭髮很厚，很黑，曾經很長很長，經過冷燙，就像黑色的天鵝絨。披在肩上也好，盤在腦後也好，都顯得漂亮而華貴。她在這上頭花時間是在所不惜的。可是紅衛兵來抄家時勒令她在十二小時內把頭髮剪掉。她剪了，居然毫不感到心疼。當生命財產都受到威脅時，誰還有閒心為幾根頭髮嘆息呢？她只求太平，只求一切儘快儘好地過去。只是從此，她再不願在鏡子前逗留，她不願看見自己的模樣。匆匆地梳好頭，匆匆地刷牙、洗臉……她幹什麼都是急急忙忙，敷敷衍衍。過去，她生活就像在吃一只奶油話梅，含在嘴裡，輕輕地咬一點兒，再含上半天，細細地品味，每一分鐘，都有很多的味道，很多的愉快。而如今，生活就像她正吃著的這碗冷泡飯，她大口大口嚥下去，不去體味，只求肚子不餓，只求把這一頓趕緊打發過去，把這一天，這一月，這一年，甚至這一輩子都儘快地打發過去。好些事，她不能細想，細想起來，她會哭。

「媽媽，我到樓下後門口站一會兒好嗎?」咪咪請示。

「好孩子，在家裡。媽媽煮好蛋，幫媽媽剝蛋殼。」端麗央求咪咪。她怕咪咪和鄰居孩子接觸。一旦有了糾紛，吃虧的總是咪咪，碰到不講理的大人，就更糟了。

咪咪沒有堅持，有些憂愁地嘆了一口氣，不知怎麼，這孩子會嘆氣。她走開了，趴在窗口往下看。

端麗洗碗，掃地，揩房間，把肉洗乾淨泡上醬油燉在砂鍋裡，另一個煤氣煮雞蛋。

「媽媽，」咪咪從窗口扭過頭來說，「『甫志高』又來找小娘娘了。」

「噢。」端麗答應著。「甫志高」是小姑文影學校裡高她兩級的同學，長得和電影裡的「甫志高」活像。這男孩子出身也不大好，父親開私人診所，兩人都沒資格參加紅衛兵，逍遙在家，不知怎麼開的頭，來往起來了。

「他倆出去了，」咪咪又報告，『甫志高』走在前頭，小娘娘在後邊。」

「咪咪，來剝蛋！」

「噢！」咪咪來不及地跑了過來。能有點事幹，她很高興。

砂鍋裡飄出肉的香味，十分饞人。可是，肉卻縮小了。端麗惶惑地看著它們，不曉得該如何阻止它們繼續小下去。

「嫂嫂。」文光拿著一只碗一雙筷走到水池子跟前，擰開水龍頭沖了一下，收進碗櫃。

「這麼就算洗過了？」端麗噁心地說。看他那麼懶洋洋的邋遢樣子，她不曉得他當年和父親劃清界線的革命闖勁上哪兒去了。

「並沒有油膩。」他和藹地解釋道，走出廚房，順手摸了摸咪咪的腦袋。咪咪毫不理會，全神貫注地看著手裡的雞蛋，她輕輕地敲了幾下，翹起小手指頭，小心地揭著，像是怕把它揭痛似的，神情很嚴肅。

端麗在剝好的光滑的雞蛋上淺淺劃了三刀，放進肉鍋，對邊上神情關注的咪咪解釋：「這樣，味道才能燒進去。」

「肯定好吃得一塌糊塗，媽媽。」咪咪說。

端麗心裡不由一酸，這種菜是鄉下粗菜，過去誰吃啊！難得燒一小缽，直到燒化了，也很少有人動筷子。她看了就發膩，可現在居然眞覺得香。

肉煮好，連同乾菜、雞蛋，有大半砂鍋。端麗找了一個樣式好看的碟子，先在底下鋪上一層乾菜，然後放上幾塊方方正正的肉、一只蛋，送到隔壁房間去。他們原本是同婆婆一起吃的，公公停發工資後，婆婆說分開好安排，就分開了。

「端麗，你們自己吃好了，讓來來吃好了。」婆婆客氣著。

「一點點東西，姆媽，給爹爹嘗嘗味道。」端麗放下碟子趕緊走了。這麼一點東西再推來讓去的，她要羞死了。

她準備吃兩天的計畫，在中午就破產了。她先用筷子在砂鍋裡劃分了一下，勉強夠三頓，可一頓只淺淺一碗，分到五張嘴裡，又有幾口了呢？她毅然把碗盛滿：要吃就要吃暢，明天的事明天再說。

午飯後，是一天中最清閒自在的時候。端麗鬆了一口氣，打開衣櫃，想找幾件舊衣服拆拆，翻一條棉褲。找出兩條舊褲子，可作裡子，又找了一件咪咪小時候的舊棉襖，把棉花拆出來可作心子。材料找全，就坐下開始工作。第一道工序是拆，拆比縫還難，很枯燥，又急不得。正拆著，小姑文影來了。文影不算十分漂亮，但舉止有幾分恬靜，很討人喜愛。她們姑嫂以前的感情並不怎麼好，常為一些小事嘰嘰咕咕。文影見端麗做了新衣服要和媽媽吵，端麗見文影買了新東西也要和丈夫生氣。現在，所有的東西一抄而空，再沒什麼可爭的了。加上文影學校停課，整天很無聊，常來嫂嫂房間坐坐，倒反和睦了許多。

「嫂嫂，你在拆什麼？」

「兩件舊衣服，改一條棉褲。」

「這件也要拆嗎？我幫你。」文影找了一把小剪子，也拆了起來，「棉褲太笨重了，應該用絲棉做。」

「幾斤絲棉都抄掉了，還都是大紅牌的呢！幾件絲棉棉襖也抄了，全放在樓下，連房間一道封起來。只剩你哥哥的一件駝毛棉襖了。」

「再加一條厚毛線褲還不行嗎？穿棉褲難看！」

「我老太婆了，難看就難看，隨它去了。」端麗半眞半假地笑著說。

「瞎三話四。嫂嫂你是最不見老的。不過，那時你眞漂亮，我至今還記得你結婚那天的模樣。」

「是嗎？」

「眞的。你穿一套銀灰色的西裝，領口上別一朵紫紅玫瑰，頭髮這麼長，波浪似地披在肩上，眼睛像星星一樣，又黑又亮。那時我五歲，都看傻了。」

「是嗎？」端麗惆悵地微笑著。

「我覺得你怎麼打扮都好看。記得那年你媽媽故世，大殮時，你把頭髮老老實實地編兩根辮子，還是很好看，怪吧！」

「有啥怪的。人年輕，怎麼都好看。」端麗決計打斷小姑的追憶，她不忍聽了，越聽越覺得眼下寒傖，寒傖得教人簡直沒勇氣活下去，「你現在是最最開心的時候，人生最美好的階段。」

「可是我們只能穿灰的，藍的，草綠的，只能把頭髮剪到齊耳根，像個鄉下人。」文影嘆了一口氣。

「就這樣也好看，仍然會有人愛你。」嫂嫂安慰她。

「但願……」

「你那同學對你有意思？看他來得很勤。」

「嫂嫂，你又瞎三話四！」文影臉紅到脖子根。

「我說的是實話，你也有十七歲了吧！」

「我才不想那些事呢！我還想讀書。」

「想讀有什麼用。再說，真讀了又怎麼樣？我大學畢業還不是做家庭婦女。」

「那是你自己要做家庭婦女。我就不！」

「說得好聽！如果要你去外地，你去嗎？我是怎麼也不去外地的，在上海吃泡飯蘿蔔乾都比外地吃肉好。」

「都傳說，我們畢業了，有分配去外地的名額。」文影憂愁地說。

「端麗，」婆婆來了，一臉的驚恐不安，「樓下來了十幾個人，都是你們爹爹單位的，戴著紅袖章。」

「眞的？」姑嫂二人頓時緊張起來，文影臉色都發白了。端麗站起身，把門關好，強作鎮靜安慰婆婆，「別怕。最多是抄家，東西也都抄完了。」

「我就怕他們上來纏，問這問那。不回答不好，回答錯了，又給你爹爹添麻煩。」

「別說話。」文影低聲叫，眼睛充滿了驚恐。她很容易緊張，有點神經質。每次抄家之後，她都要發高燒，「別說話，讓他們以爲樓上沒有人，就不會上來了。」

於是，三個人不再出聲，靜默著，連出氣都不敢大聲。只聽見樓下傳來拆封開門的聲音，有人吆喝：「再來兩個人，嘿——扎！」好像在搬東西。

不知過了多少時間，房門忽然開了，三個人幾乎同時哆嗦了一下。有人走了進來，卻是來來。大家鬆了口氣，婆婆直用手撫摸胸口以安撫心臟。

「你怎麼上來的？」端麗不放心地問，似乎樓下布了一道封鎖線。

「我走上來的。」來來實事求是地回答。

「樓下那些人沒和你說話？」

「沒有。他們在搬東西呢，把東西都搬到卡車上。小娘娘的鋼琴也搬走了。」

「讓他們搬吧！我什麼都不要了。只要他們別上來。」文影疲倦地說。

大家又靜默了一會兒，聽見下面鑰匙嘩啦啦的鎖門聲，然後，是汽車的啟動聲，「嘟」——走了。

「媽媽，我肚子餓。」來來說。他十一歲，正是長的時候，老感到飢餓，隨時隨地都可進食。

「自己去泡一碗泡飯。」端麗隨口說，可立刻覺察到婆婆極不高興地看了自己一眼，便改口說：「給你一角錢吧。」

來來高興地跑過來接了錢，把這張小鈔票攤平夾在書裡。仍然爬上椅子繼續做功課，沒資格參加紅小兵，只好悶頭做做功課。他是長孫，是阿奶的命根子。

過了一會兒，多多也回來了。端麗一邊和小姑、婆婆閒聊，一邊聽見來來輕聲得意地對姊姊說：「媽媽給我一角錢。」

「稀奇死了。」多多嘴巴嘛起來了。

來來討好地趴在姊姊耳朵邊說了些什麼，多多的臉色才和緩下來。端麗放心了，一旦孩子當著婆婆的面鬧起來，就是她的過錯了。

「你們爹爹置這份家業，是千辛萬苦，你們不曉得。」婆婆嘮叨，「當年他一個鋪蓋捲到上海來學生意，吃了多少苦頭，才開了那爿廠……」

「那都是剝削來的。」小姑不耐煩地頂母親。

「什麼剝削來的？你也學文光。我的陪嫁全貼進去了，銀洋鈿像水一樣流出去……」

「你不要講了好嗎？給人聽到又不太平。」

「文影，你不可以這麼凶的。」端麗制止小姑，「姆媽，你心裡煩就對我們說，這話可萬萬不能對外人講。」

「媽媽！」多多在叫，「我們出去玩，一歇歇就回來。」多多攙著咪咪，來來走在前邊，一隻腳已經下了樓梯。

「去去就來噢！」端麗囑咐道，「人家說什麼都不要搭腔啊！」

「曉得了！」多多回答，三個人撲通撲通下了樓。

淘米燒晚飯時，三個人才回來，一臉的心滿意足，嘴唇一律油光光的，咪咪的嘴角上還殘留著一些黃黃的咖哩末。

「你們吃什麼了？」

「吃牛肉湯，媽媽。」咪咪興奮地說。

端麗嚇了一跳，一毛錢如何能吃到牛肉湯，簡直不相信自己的耳朵：「不要瞎講。」

「是吃牛肉湯，一人一碗。」來來證明，媽媽的驚訝教他更覺著得意了。

「多少錢一碗？」

「三分錢。還多一分錢，給咪咪稱了重量，咪咪有三十七斤呢！」

「這麼便宜？」端麗更加吃驚，「在啥地方吃的？是淮海路上嗎？」

「不是。要穿弄堂的，一條小馬路，角落裡有一爿點心店，名字叫紅衛合作食堂。」

「你們怎麼找到那裡去的？」端麗不知道那個地方，她只知道紅房子西餐館，新雅粵菜館，梅龍鎮酒家……。

「我們慢慢走，一邊走，一邊看。姊姊說要買合算的東西吃。」

「多多，」端麗叫道，「你們吃的那地方衛生不衛生？可別吃出毛病來。」

「有什麼不衛生，好多人在那裡吃呢！」多多說。

「我們吃得很合算，是吧，姊姊。」咪咪說，「我們對面那人吃一碗牛肉湯是兩毛錢呢，其實和我們的湯一模一樣，就是有幾片肉。」

「你們的湯裡沒有牛肉？」

「我才不要吃牛肉呢！」多多說。

「我也不要。」多多和咪咪異口同聲地響應。

端麗一陣心酸，說不出話來了。接連吃兩天素菜的決定便在這一刻裡崩潰了。

她每天上菜場，總要被一些葷菜、時鮮菜所誘惑，總是要超過預算。她不會克制，不會儉省，不會瞻前顧後，卻很會花錢，很會享受。她習慣了碗櫥裡必定要存著蝦米、紫菜、香菇等調味的東西，她習慣每頓飯都要有一道像樣的湯。她覺得自己剋得很緊，過得很苦，可是錢，迅速地少下去，沒了。她苦惱得很，晚上和文耀商量，文耀比她還發愁，最後仍然得由她來想辦法：

「有些用不著的東西，賣掉算了。」

「對，就這麼辦！」文耀高興了，剛才還山窮水盡，這會卻柳暗花明，他以爲可以一往無前。於是翻了一個身，呼呼地睡著了。他在學校以瀟灑而出名，相貌很好，以翩翩風度吸引了不少女孩子。有一次電影廠借學校拍電影，也把他拉去充當群眾。他學的是土木，功課平平，卻很活躍。學校樂隊裡吹蛇形大號，田徑賽當啦啦隊，組織學生旅遊，開晚會，都很積極。他會玩，和他在一起很快活。高傲而美麗的端麗委身於他，這可算是一大因素。而到了如今這個沒得玩了的日子，端麗發覺他，只會玩。

後門輕輕地吱嘎了一聲，開了，又輕輕地咯答碰上了。然後，樓梯上響起輕輕的腳步聲。是文光回來了。他就像個幽靈，神出鬼沒的。出去，進來，誰都不知道，誰也不注意，更不知他在想什麼。「文化大革命」剛開始的時候，他站出來同父親劃清界線，將被子鋪蓋一捲，上學校去住了。可是不到兩個月，卻又灰溜溜地回了家。不知是紅衛兵仍不願意接受他，還是他自己不願參加。回來時，又黑、又瘦、又髒，據說身上還長了虱子。總之，像個叫化子。父親沒罵他，沒趕他，卻不再搭理他，連正眼也不瞧一下。母親呢？只是一個勁兒地說：「前世作孽，前世作孽！」

眞是前世作孽，好好的一家人，變成這麼一攤子，端麗只覺得自己命苦。

2

端麗翻箱倒櫃，將穿不著的衣服找出來，準備送到寄售商店去。

多多的東西不能賣，她穿了還都能給咪咪穿，來來的衣服也可以給咪咪改。只有咪咪的衣服可以賣掉一些。她揀出一件桔紅的小大衣，一套奶油色的羊毛衫褲。文耀的西裝可以賣，只是怕賣不出價錢，這年頭有誰穿西裝？眼下最時髦的服裝是草綠的軍裝。這件自己的織錦緞小棉襖也可拿去，還有幾條毛料褲子，都是純毛的，做工極考究，全是在「新世界」、「培羅蒙」、「朋街」、「鴻翔」做的，剪裁合體，每件都經過很仔細的試樣。她翻揀著這些東西，心裡隱隱地作痛。她喜歡穿好衣服。穿著不合身、不合意的衣服，她會難受，會不自在，好像自己不再是自己，而是另一個人了。她驕傲不起來，整個心緒破壞了。記得有一次，參加文耀表妹的婚禮。兩個月前她就開始做準備，這在她的生活裡是很重大的內容，她買了一段黑紅碎花圖案的料子，去「新世界」做一條連衣裙。她皮膚白而光潔，穿深色的衣服特別迷人。取衣時間正是婚禮那天的早上，她以爲很巧，正好。可是早上去取，卻回說還沒從工場裡出來，要她下午五點去取。下午，她穿著家常的褲子襯衫和文耀一起去「新世界」，取了衣服直接乘二十六路去和平飯店，雖說要稍遲到一點，可出席這種場合端麗總是要遲到的，這是身分。衣服是取到了，可卻很不合身，胸圍寬了一點，原來工場的裁剪師傅將二尺八寸誤認爲二尺九寸了。胸圍一寬，整體都鬆鬆垮垮，沒了線條。她幾乎要哭了。文耀安慰她：「倘若人家說你衣服大了，我們就告訴他們說，這是新興的樣子，時髦！」他是很能說笑話的，可這會兒端麗卻一點也笑不出來。整整一晚上，她都無精打采，不說話，不動彈，也不太吃菜，只盼著宴席早散。

她把這件連衣裙也揀了出來，連同其他衣服，一起打成包裹。

「媽媽，」趴在窗口看弄堂作樂的咪咪叫道，「樓下來了兩部卡車。」

端麗丟下包裹，也跑到窗口往下看。果然，小花園前的鐵門敞開了，門口停了兩輛卡車。車上跳下幾個人，卸下一些破破爛爛的家什，往屋裡搬。

「有幾個小孩子。」咪咪說。

「是新搬進來的人家。」端麗自言自語。這是常有的事，弄堂好幾幢房子搬進了新住戶。插進來的都是住在楊樹浦、普陀區等邊緣地帶的工人，舉止和這裡的老住戶大相逕庭。

樓下，一個婦女捧著一口米缸叫嚷著：「放在哪塊？」

「江北人！」咪咪笑了起來，學著說，「放在哪塊？」

端麗把咪咪扯過來，關上了窗：「別看了。江北人都凶得要命，千萬別招他們。聽見嗎？」

咪咪不再趴在窗前看了，可端麗自己卻沒事找事地老跑到窗戶前，隔著玻璃往外看。車上的東西漸漸地卸完了，只剩下一筐筐煤球和劈柴。然後，連這些東西也慢慢地都卸完了，卡車開走，留下兩個男人，兩個女人，以及一群穿著一色改制的工作服的、大大小小的男女孩子，在底下忙進忙出。端麗漸漸地認清剛才那捧米缸的大塊頭女人和瘦小的、只顧埋頭幹活不大說話的男人是一家，那女人被稱作「阿毛娘」。另一個威高武大的男人和戴一頂紗廠工作帽的女人是一家，至於那一幫孩子，她沒能搞清誰是誰家的，她覺得他們彼此沒有什麼明顯的差別，都很邋遢和粗野。端麗心裡很亂，不知該如何同新鄰居相處才好。這些人的脾性，她不了解，因爲從來不曾與他們打過交道。隔壁弄堂裡有幾家不怎麼樣的人家，那些孩子常常過來搗蛋，對著端麗他們的背脊叫「阿飛！」甚至扔石頭。「文化大革命」開始後，這些孩子又都跑來把小花園圍牆上插的碎玻璃統統砸光。然後騎坐在上面，呼口號罵人，朝玻璃窗扔磚頭，每日必來，十分盡職。樓下房間封掉後，才太平了下來。這些是端麗對這些人家唯一的經驗。她擔心得很，平添了一層煩惱。轉而又想到封掉的三樓，要是再搬進這麼兩家，便可聯合成戰鬥隊，每日都可開鬥爭會了。正發愁，多多回來了：

「媽媽，樓下搬來兩家人家，才好玩呢！他們把地板拖乾淨，進門就脫鞋。」

「這有什麼好玩？」端麗心緒煩亂地說。

「他們眞的赤腳在地上走？」咪咪極有興趣，追著姊姊問。

「不相信你自己去看。」

「媽媽，我下去一歇歇。」咪咪來不及地要走。

「不許去！」端麗氣洶洶地叫道。咪咪委屈地扁扁嘴巴，抽回了腳步，卻並不走回來，靠著牆站在門口。

「媽媽，你怕什麼？他們又不吃人。我上來時，一個大塊頭女人還朝我笑呢！」多多說。

「你不懂！來抄家，來鬥你爺爺的，當初豈止是對你爺爺笑。」端麗嘆了一口氣，「咱們家如今是誰都能欺負的了。」

多多不說話了，坐在桌子前，從語錄包裡掏出一本紅封面的小書，咕嚕咕嚕背著，這是他們的功課。

端麗站起身，看看攤了一床的東西，強打起精神，收拾著。

「多多！」端麗叫。

「做啥啦？」

「多多，你來一下，媽媽有事對你講。」

「人家在背《老三篇》呢！明天學校裡要抽查。」多多嘛著嘴過來了。

「多多，你幫媽媽去寄售商店走一趟，拿著這些東西，給。」

「去幹嘛？」

「這，這都是沒用的東西，放在家裡也占地方，賣掉算了！」端麗連對孩子都羞於承認目前的貧困。在她看來，貧困如同罪惡一般見不得人。

「讓我去賣東西？我不去，你自己去好了。」

「媽媽去不好，要讓人看到，會以爲咱們家還有什麼東西，又要來抄家了。」

多多不響了，她對抄家十分懼怕。可是讓她去賣東西，她是無論如何不幹的。停了一會她又說：「那就不要賣好了。」

「你這小囡怎麼這樣不聽話！」端麗火了，「大人叫你做點事情，真吃力。」

多多嘴一撇，眼淚掉下來了：「你讓我幹別的事情好了。」

端麗心軟了，不得不說了實話：「多多，媽媽沒有錢用了，真的。後天要收水電費，媽媽沒錢了。好孩子，幫幫媽媽的忙。」她臉漲紅了，覺得自己也要哭了。

「要是人家……看見我了，怎麼辦呢？」多多抽泣著問。

「你是小孩子，不顯眼。」端麗重又把包裹和戶口簿塞在她懷裡，「咪咪，陪姊姊一起去。」

「好的！」咪咪一直靠在門口牆壁上，這會兒聽見允許她下樓，精神來了。她過來牽著姊姊的手，來不及地拉她走，多多一邊走一邊擦眼淚。

端麗鬆了一口氣，其實她和多多同樣地不願去幹這事，甚至比多多還害羞。她怎麼淪落到這個地步了呢？

隔壁傳來婆婆的說話聲，很響。老太太一定又在生氣了，否則她絕不會忘形到這個程度，在這時候大聲地說話，讓樓下的新房客聽見豈不又惹麻煩？端麗決定走過去勸解一下。

「姆媽，你怎麼生氣了？」端麗說。文影在給母親泡茶，文光半躺在角落裡的摺疊床上。

「端麗，你聽聽！這個冤家自說自話在學校裡報名參加什麼戰鬥隊，到黑龍江去開荒種地。黑龍江是啥地方，你曉得吧！六月裡落大雪，鼻頭耳朵都要凍掉。」

文光一聲不吭，根本不打算解釋什麼，仰天躺著，對著天花板發愣。

「姆媽，你消消氣！」端麗接過文影手裡的茶杯遞給婆婆，一邊扶她在高背藤椅上坐下，「也許人家一定要他報名，他也是不得已。」

「不，是他自覺自願的。」文影說，她和二哥同校，「甫志高」又是和文光同級，看來消息可靠。

「報名也不要緊。」端麗寬婆婆的心，「現在都興這樣，動員大家統統報名，但批准起來只有很少一部分人。」

「我們這種成分，不自願還要來拉呢！」

「也不一定。說不定就因爲我們成分不好，人家不批准呢！雖是去黑龍江，也是戰鬥隊，政治上的要求一定很嚴。」

「去黑龍江還要什麼條件？」婆婆困惑了，「五八年，一號裡小老虎爸爸當了右派，不是把一家門都發配黑龍江了嗎？」

「此一時，彼一時，變化大了。」

婆婆喝了一口茶，臉色好一點了。這會兒，她倒是有點慶幸自己有個極壞的成分。

「端麗，樓下搬進兩家江北人，你知道嗎？不曉得人怎麼樣。」

「我們橫豎不和他們搭界。」端麗安慰道。

「江北人，也許是厚道的。」文影抱著幻想，「阿寶阿姨不就是江北人嗎？」

「她吃我們的飯，狠得起來嗎？」婆婆不以爲然，直搖頭。

「爹爹！」文影叫了一聲，趕緊去拿拖鞋，端洗臉水。老頭子幹了一天的雜務工，一身灰，一臉陰雲地回來了。

端麗站起身，問候道：「爹爹回來了？」

「回來了。」他敷衍著。這是一個身材高大的人，往日裡談笑風生，很有氣派。文耀的風度就是承他而來，只是一點沒將他的精明能幹學來。老頭子穿了一身灰拓拓的人民裝，比旁人更顯得邋遢，也許他生來是爲了穿好衣服的。

「爹爹好好休息吧，我走了。」端麗走出房間，輕輕地關上門。文影卻前腳跟後腳地出來了。

「六六屆的畢業分配方案下來了。」文影輕輕地說。

「還好嗎？」

「有百分之四十的比例留上海，照顧家庭經濟困難、長子、成分好的；第二等是上海郊區農場，然後有蘇北大豐農場，最差的是插隊落戶，有安徽、江西，真的就是扛鐵鎝種田。」

「文光即使不報名，也難留住。」端麗沉重地說。

「就是呀！不曉得我們六八屆的方案如何。」

「別想那麼遠。凡事恐怕都有定數，愁也沒用，躲也是躲不掉的。」

「天曉得我是個什麼命，眞想找人去算算。」文影憂鬱地說。

「媽媽！」多多回來了，「我們……」

「噢，回來了！」端麗打斷了多多，「要燒晚飯了。文影，別發愁，趁現在年輕的好時候，和『甫志高』多玩玩。」

文影噗哧一聲笑了。

端麗把兩個孩子推進了屋，關上房門，輕聲說：「不能讓阿奶他們知道我們在賣東西，阿奶阿爺要生氣的。」

孩子聽話地點點頭。其實端麗並不是怕婆婆生氣，而是……怎麼說呢？總之是僧多粥少。想想過去，公公婆婆也並不那麼顧這裡。那年，端麗想買一套水曲柳家具，婆婆說沒錢，等明年吧。可不久卻給文影買了一架鋼琴。想到這裡，端麗坦然了。

「賣多少錢了？」

「一共一百零五塊錢。」多多把錢和單據交給媽媽。

「一百零五塊？」端麗一愣，光她那兩條毛嗶嘰褲子，當時就花了七十多元。

「可不是，這麼多。開始我都不信。」多多興奮得很，「那營業員說，如果寄賣，就是放在他們那裡賣出以後再付錢，還可以賣得更貴。我想一百塊已經很多了，再說你不是講後天就要付水電費嗎？」

「對的，對的。不過照理還可以再賣多點錢的。」

「那你自己去賣好了。」

端麗不再響了，心裡卻思量，下次確實要自己去辦，人家有點欺負小孩子。

「媽媽，樓下新搬進的人家，眞的赤腳在地上玩。」咪咪說。

「哦。」

「那個大塊頭阿姨說，他們從來沒見過這麼好的房子。他們以前住在哪裡？是怎麼樣的房子呢？」咪咪很納悶。

「住在棚戶區，草棚棚房子。」

「作孽。」咪咪老氣橫秋地說。

吃過晚飯，端麗下樓去倒垃圾。對著樓梯的那間房間大敞著門。果然，那大塊頭女人坐在地板上做針線，四五個孩子在地板上滾成一團，嬉笑著，快活得很。門口放著一溜鞋子。屋裡空蕩蕩的，沒什麼家具。當她倒掉垃圾回來的時候，發現那大塊頭女人正打量她，睜著一雙很大的、有點凸出的眼睛。端麗低下頭，趕緊上樓了。

晚上，夜深人靜了，端麗把今天的收入告訴了文耀。文耀本已沉沉欲睡，一聽驟然間有了一百多元，立刻清醒過來。

「一百零幾？」

「一百零五塊。」

「給姆媽五十塊吧。」

端麗不作聲。

「明天買隻雞，買隻母雞，燉湯。」

端麗不作聲。

「再買兩斤廣柑，長遠沒有吃水果了。」

端麗仍不作聲。

「買點火腿擺在家裡。」

端麗「噗哧」一聲笑了：「你怕我不曉得花錢？要教我花。」

「有了錢，吃掉最合算。吃在肚子裡，誰也看不見。像爹爹，辛辛苦苦置份家業，到頭來成了資產階級。吃掉乾淨。」

「你指望一百塊錢能置家業？」

「我是打比方的。」

「來來十歲生日，在國際飯店請客，一桌就是一百元。」

「不錯。」

「不當家不知道，現在我可知道錢是最不禁用的。」

「不錯。」

「我想來想去，這一百塊錢不能全吃掉，要留點備用。萬一孩子病了，或者出了什麼要緊事，到時候就不會發愁了。」

「不錯。」

「後天要付水電，大後天要來抄煤氣，離你發工資有十來天，菜金還沒著落，這前後算算起碼需要三十塊錢，才能挨到發工資。發了工資又怎麼？還是不夠，所以還要留三十塊補貼下月。」

「這麼算下來，不能給姆媽了？」

「你看著辦吧！」停了一會，端麗又緩和了口氣說，「姆媽那裡也有不少穿不著用不著的東西，說不定她也會想到走這步棋。咱們往那裡送，他們也不好意思白收，還得再送還過來。這樣客氣來客氣去反成了彼此的負擔。」

「唉！」文耀嘆了一口氣。到了如今，他只會嘆氣。端麗發現自己的丈夫是這麼無能。過去，她很依賴他。任何要求，任何困難，到了他跟前，都會圓滿地得到解決。其實，他所有的能力，就是父親那些怎麼也用不完的錢。沒了錢，他便成了草包一個，反過來倒要依賴端麗了。他翻了一個身，緊緊地抱住了端麗。

唉，輪到端麗嘆氣了。她甚至希望自己有個工作，哪怕是教書。嫁過來的第二年，附近的民辦小學缺少師資，上門來請她去代課。她一口回絕了。她怎麼能去教書？而且是當一群小娃娃的老師。儘管，正是由那麼多老師的辛苦，才使她完成了高等教育，爲她的嫁妝鍍了金，然而，在她看來，教書卻是卑下的職業。她不去。她不愁吃，不愁穿，何苦去幹那個？

如今，吃也愁，穿也愁。她想到，要是當初去代課，也許早已轉了正，每月也有五六十元工資了。哦，五六十元。她不由激動起來，甚至忘了以往五六十元，甚至更多的錢在她手裡，南京路上走一遭就可以花個精光。時過境遷，人民幣都增值了。

樓梯上又響起輕輕的腳步聲：篤、篤、篤！老二回來了。他究竟在想什麼？究竟爲什麼要報名去黑龍江？他好像竭力要離開這個家，這個家怎麼對他不起了？給他吃，給他穿。他說一聲想學畫，立刻請來一位家庭教師。學學不高興了，說會一門外語有好處，又請了一位外語教師，結果什麼也沒學出來，倒反把功課拉下了許多，連中學都沒考上，再讀了一年畢業班。這一年，家裡請了兩位家庭教師，補語文，補算術。老師比他更急，拿了人家的錢總要出成果，不爲人家子弟負責，也得爲自家的錢負責。文光倒像沒事人一樣，疲疲沓沓，篤篤定定，還常常逃課。家裡怕他用壞了腦子，像侍奉月子似的，牛奶、雞蛋、桂圓，也成了每日裡的功課。第二年算考上了，逢到考高中，又如此這般地折騰了一番。還爭氣，也考上了。眼看著要考大學了，不知別人怎麼認爲，端麗是爲他捏了一把汗。這當兒搞「文化大革命」，廢除高考制，簡直是救了他，只可惜也並沒給他另一條路走。

端麗想起阿寶阿姨的一句話，她說：「你們家的人不是長的，是用金子鑄的。」是的，是用金子鑄的。倒是貴重，卻沒有生命力。

3

端麗夾在買魚的隊伍中，緊緊挨著前邊那個男人寬闊的背。她居然有勇氣來買魚了。大人孩子都想魚吃，魚又是較便宜的葷菜，她豁出去了。半夜三點鐘就跑了來，她不信這樣的誠意還感動不了上帝。前邊的人越來越多，不斷地把她往後邊擠，離櫃檯越來越遠了。還好，賣魚的營業員出來寫號頭了，這是防止插隊的有效辦法。那人走到隊伍跟前，先攤開胳膊，把隊伍推了一遍，將凸出來的人全推進隊伍，使之整齊了，也更擠得難忍了。然後從耳朵上取下半枝粉筆，開始寫號。直接就寫在人們的胳膊上，一邊寫，一邊大聲地吆喝：

「三號，四號……」

端麗心裡很不舒服，有一種屈辱感。衣服上寫了個號碼，叫人想起犯人的囚衣。

「二十號，二十一號……」

眼看號到她了，她決定和那人商量一下：

「同志，請你寫在這裡好嗎？」她揭起夾襖前襟的一角。

「當心蹭掉！二十七，」那人很好說話，囑咐了一聲，繼續往後號，「二十八，二十九……」

端麗鬆了一口氣，好了，現在什麼也不用再擔心，只等開秤。

「五十九，六十！好了，好了，走吧，買不到了，後邊買不到了，別白排了！」那人叫嚷。

這說明，號上的人就都能買到魚。端麗換了換腳，心裡很踏實，很高興。沒料到，吃條魚還這麼難，她想起過去對阿寶阿姨的種種責難，有些歉疚。

「一人兩斤，一人兩斤！」櫃檯上宣布。開秤了，隊伍慢慢地往前移動，雖說挪動很慢，但畢竟是在往前動了。終於，她到了跟前。圍著沾滿魚鱗的大圍裙的女人，刷刷地抓起幾條魚，往秤上一攤，叫道：

「兩斤一兩，七角八分。」

端麗趕緊把籃子送過去，那女人正要往籃裡倒魚，忽然停住了：「你的號碼呢？」

端麗提起夾襖衣角：「喏，在這裡。」

「啥地方有？」那女人懷疑地盯著她，「人家都是起三更來排隊，插隊不作興的。」

「我有號！」端麗把夾襖前襟又往前扯扯，這下子連自己都呆住了。夾襖的羽紗裡子上，只有幾點白粉筆灰，什麼號碼也沒有。羽紗本來就很滑，寫不上字，再加上人擠人，在毛線衣上蹭來蹭去，果眞擦掉了。

「出去，出去！」後面有人叫嚷，還有人過來推她，拉她。

端麗絕望地扒住滑膩膩的櫃檯，卻一句話也說不出來，她馬上要哭了。

「她排在這塊的！」忽然響起一個沙啞的蘇北口音，「我證明，她排在這塊的。」

大家都循著那聲音回過頭去，端麗看見，說話的正是樓下那個阿毛娘。她排在端麗後邊十幾個人遠的地方，這時，探出身子對著大家說話：

「她把號頭寫在褂子裡面。大家可以查查看，她前頭那人是幾號，後頭那人又是幾號。查得出的！」

前面的是二十六，後頭是二十八，她正是二十七。而且，大家也確實想起這個年輕女人一直老老實實地站著，連窩都沒挪。掌秤的女人把魚倒給她，一邊教訓道：「以後曉得了哦？別把號頭寫在衣服裡面，要什麼好看？要好看就不要吃魚。」

端麗提著籃子，倉皇地擠出隊伍，連頭都不敢回，她從來沒有這麼狼狽過。可是，不管怎麼，魚，總歸買到了。當她又買了點雪裡蕻、土豆，轉身走出菜場時，遇見了阿毛娘和另一個婦女，這婦女給弄堂裡好幾家買菜，大家都叫她金花阿姨，端麗也有點面熟。她認爲應該向阿毛娘表示一下謝意：

「剛才，多虧你了。」

「實事求是嘛！」她爽快地說。

旁邊的金花阿姨插嘴道：「你自己出來買菜啊？不容易呵！」

端麗覺得她話裡有些譏誚的意味，沒搭腔，阿毛娘卻搭了上去：

「買菜還不容易？沒得錢不買菜才是不容易哩！」

金花阿姨對著端麗的籃子瞧瞧說：「買這麼點菜，夠吃吧？」其實她並無惡意，只是好奇罷了。端麗家那兩扇老是關閉著的門，對弄堂裡的一般居民，都是個謎。

端麗爲被人看出了窘迫，很難堪，臉紅了，將菜籃換了隻胳膊。

「有魚吃還不好？皇帝也不過是吃肉吃魚。」阿毛娘說。

「你不曉得，他們過去享的是什麼福。」

「不就是資產階級那一套！」阿毛娘不以爲然地撇了撇嘴。

端麗聽不下去了，加快腳步，誰知她們也跟著加快了腳步。

「現在靠不了老頭子了，苦囉！」

「苦什麼？自己工作就是了。」阿毛娘把一切都看得簡單，這是一種幸福。

端麗把腳步放慢了，輕聲說：「要有工作就好了。」

金花阿姨說：「我看你這樣的情況，最適合給人家看個小孩。不要出門，在家裡就把鈔票賺了。」

「怎麼個看法？」端麗心動了。

「早上送到你家，晚上領回去，給他吃兩頓。」

「哦。」端麗心裡活動開了。家用實在緊張，每月都須貼補進三四十元，那一百零五元早已用完。變賣東西已成爲公開的事情，婆婆屋裡也賣了好幾包衣服。前些日子，「甫志高」借了部黃魚車，幫忙拉一張紅木八仙桌去寄售，端麗也讓他把一張三面鏡梳妝檯拉走了。苦日子過過，孩子們懂了不少事。多多不再爲跑寄售商店掉眼淚了，放學以後常常和幾個要好的小朋友一起到寄售店逛逛，看寄賣的東西賣出了沒有。如已賣出，她就極高興地回來報告，端麗便鬆鬆手買一些水果、熟食、點心，最多不過三天，就能收到郵局寄來的領款通知單。然而，坐吃山空，靠賣東西維持，終究不是長遠之計。找個孩子帶帶，不會耽擱家務，又有收入。咪咪在家很寂寞，也可幫著照看，倒是個兩全的好辦法。走了一段，她呑呑吐吐地開口了：

「金花阿姨，你，是不是幫我留心一下，有沒有這樣的人家。我反正沒事，也便當……」

話沒說完，金花阿姨就領會了：「好的，好的，包在我身上。」

端麗出了一口長氣。

金花阿姨晚上就給回音了，她很賣力，很熱心，端麗家雖已敗落到這程度，她依然很有興趣來打打交道。請她進屋坐，她不肯，只肯站在樓梯口，卻不時伸長脖子往房間裡瞅。

她給找的是個一歲半的男孩子，名叫慶慶。父母雙職工，三十八歲才得了這麼一個寶貝，不捨得送托兒所。知道了端麗的情況，雖顧慮她家成分不好，怕會招惹麻煩，但也覺得這種人家生活習慣好，講衛生，有規矩，孩子交過來可以放心。反覆權衡，終於同意了。工資一月三十元，包括兩頓飯一頓點心。另外，他們自己訂半磅牛奶，每天就讓送奶工人直接送這邊來。

第二天一早，上學的，上班的都還圍著桌子吃早飯，慶慶就被送來了。這是一個不認生的孩子，很白很胖，有一雙黑葡萄似的眼睛。端麗抱著他，他掙扎著要下來，站在地板上。文耀、多多、來來、咪咪，站得遠遠地看著他，神情都很嚴肅，好像在看一個小怪物。端麗也覺得有點緊張，她從來沒接觸過別人的孩子。連自己的三個，也都是請奶媽帶的。她雖有奶，卻不餵，因爲餵奶是很容易損害體形的。面對著大家的審視，慶慶並不畏懼，他也在審視著他們，看看這個，看看那個。忽然之間，他蹲下來，只聽嘩嘩一陣水聲，撒尿了。

「齷齪煞了。」多多叫道，「要死了！」

文耀皺了皺眉頭。

「他怎麼在地板上小便？」來來問端麗。

端麗也不知道，沉默著。

這時候，慶慶「哇」的一聲哭了。他感覺到了大家的指責和不滿。

咪咪走過去，拉起了他：「你們不要講他了，他還小呢！」咪咪是唯一歡迎他的人，她實在太寂寞了。她最小，沒有弟弟妹妹，常常對端麗要求道：「媽媽，再給我生個小弟弟，妹妹也行，好嗎？」如不是「文化大革命」，端麗是還要生的，總還應該再有個兒子吧。她的職責就是養兒育女，而到了眼下，就這三個，她還愁養不活。

咪咪把啼哭不止的慶慶攙到浴室，指著抽水馬桶：「尿尿在這裡。」然後一扳抽水的扳頭，嘩嘩嘩地沖下一股水，慶慶不哭了。端麗鬆了一口氣，趕緊去拿拖把拖地板，拖乾淨地就煮牛奶。沸騰的牛奶是這麼迅速地溢出鋼精鍋，把她嚇了一跳，險些兒把手指頭燙壞了。

餵慶慶吃東西是一樁頂頂傷腦筋的事情，他拒絕進食，不時地用胖而有力的手推開勺子或玻璃杯。連哄帶灌，總算喝下半杯牛奶，不料他喉嚨口咕嚕了一聲，「嘩」的一下，又全部吐了出來，前功盡棄，奶腥味攪得端麗也想吐。中午吃飯，一口飯含在嘴裡可含上半天，飯不是糖，含含就融化了。須用盡力氣動員他嚼，用舌頭攪拌，最後勞駕喉嚨往下嚥。端麗說盡了好話，簡直要求他了：

「好慶慶，乖，嚥下去。慶慶眞乖，嚥了吧，嚥了，嚥了，乖！」

慶慶包著一嘴的飯，只顧擺弄前面的積木，毫不理會端麗的奉承。端麗絕望極了，不曉得他爲什麼要絕食，她不知道自己那三位小時候比慶慶要難伺候一百倍。

咪咪饒有興趣地站在旁邊看，忍不住要求道：「媽媽，讓我試試看好嗎？」

「這又不是餵洋囡囡吃飯，有什麼好試的！」端麗煩躁地拒絕幫助。

咪咪不響了，過了一會兒，她伸出手指頭，在慶慶緊鎖著的嘴巴上輕輕敲了三下：

「篤篤篤，開開門，我要進來了。」

慶慶眨眨大眼睛，喉嚨口「咕咚」一聲，咧開嘴笑了。裡面空空蕩蕩，端麗趕緊將一勺飯趁機送了進去，門又關上了。

「篤篤篤，小白兔在家嗎？」咪咪換了個花樣。

門開了

「飛機大炮轟轟轟！」

門開了。

「汽車開進來了！」

門開了。

半碗飯下肚，卻又聽到喉嚨口「咕嚕嚕」的響，像是嘔吐的先聲。

「阿彌陀佛！」端麗念佛了。

咪咪忽然拿起一只鍋蓋，用一隻骨筷乒乒乒乒敲起來，敲得他不知所以，驚慌失措，暈頭轉向，繼而又興奮起來，歡天喜地地手舞足蹈。飯，終於沒吐，端麗卻再不敢餵他了，就此打住。以後，端麗便把咪咪的先進方法全照搬過來：將慶慶的嘴假想成一扇門，用出其不意的響聲壓制倒食。於是，餵飯就成了一樁十分熱鬧的把戲。

值得慶幸的是，這孩子除了這個毛病，還有個極好的習慣，他上下午都各有一次相當長時間的睡眠。當他睡去的時候，端麗便感到從未有過的輕鬆和安靜，她甚至在這亂七八糟的生活中感覺到了幸福。

這天，當她正盡情享受那難得的幸福時，文影卻驚慌地跑來了：

「嫂嫂，二哥去黑龍江批准了，還有一個星期就要走。姆媽在哭，爹爹在罵，你快去勸勸吧！」

端麗也很吃驚，趕緊跟著文影往外走，走到門口又回頭囑咐咪咪：

「看好小弟弟，別讓他摔下來啊！」

隔壁房間裡天翻地覆地亂。床上放了一堆草綠色的東西，是大棉帽、大棉褲、大棉襖，文光在打鋪蓋捲。婆婆哭得直哆嗦，什麼話也說不出來，公公病假在家，坐在唯一一張紅木太師椅上，臉板得鐵青，對著婆婆發脾氣：

「他不是去死，這麼哭法子做啥？」

「不是死，是充軍！」婆婆說，「冤家，你是自討苦吃，總有一天要後悔，後悔也來不及了。」

「你讓他去！我看他是忒無聊了。」公公說罷，站起身走了出去。

「你到啥地方去？」婆婆對著他叫，「讓人家看見又要說你裝病！」

「我上班去！」

「前世作孽，前世作孽！」

端麗看看床上的棉帽棉褲，知道這一切已是不可挽回了。想了一想，她彎下腰扶住婆婆：

「姆媽，你不要太傷心，你聽我講。弟弟這次被批准，說不定是好事體。說明領導上對他另眼看待，會有前途的。」

婆婆的哭聲低了。

「你看，這軍裝軍褲，等於參軍。軍墾農場嘛……」

「不是軍墾，是國營。」文光冷冷地糾正她。

「國營也好，是國家辦的，總是一樣的。」

婆婆擦了擦眼淚：「一下子跑到那麼遠的地方，喊也喊不應了。好好的一份人家，一下子拆成天南地北的。」

「這些就不要去想了，文光是有出息的，出去或許能幹一番事業。」

「我不要他幹什麼事業，只要人保保牢就行了。」說著又潸然淚下，文影跟著哭了。端麗一陣心酸，不覺也掉下淚來。

相對著哭了一陣，端麗冷靜下來，心想：難過歸難過，走，總是走定了。一個星期一眨眼工夫就過去了，很多具體的事都要一件件辦起來才好。婆婆年高，又傷心，辦不了什麼事，文影年輕，從沒經過什麼，也不能指望。看來，要靠自己了。這麼想著，她把眼淚擦了擦，對文光說：

「你先把鋪蓋鬆開，被裡、床單都要拆洗一下才行。文影，幫二哥洗一洗。」

文影跑過來把被子抱走了。

「文光，你列張單子，看需要帶些什麼東西。」

文光愣了半天神，只在紙上寫下「被子」兩個字，便再也想不起什麼了，似乎一條被子可以闖天下。端麗嘆了一口氣，接過筆，幫他列了下去：臉盆、箱子、帳子……這兩兄弟怎麼都這樣沒有用?!

列好單子，端麗又劃分一下，哪些家裡是現成的，哪些則需要去買。毛估估，起碼要兩百塊錢才能把他送上「革命征途」。

「學校裡給沒給補助?」她問文光。

「沒有。說憑通知能買帳子、線毯什麼的。」文光回答。

婆婆說：「要麼趕快到寄售店去，將那只寄售的八仙桌折價賣了，不管多少，總是現錢。」

「姆媽，先別忙。我想可以到公公單位裡去申請一下，去黑龍江是革命行動，理應支持。他們給，很好；不給也沒什麼，再做別的打算不遲。」

「端麗啊，這事只能拜託你了。」

「你別發愁，姆媽。我去。」端麗這麼回答，心裡卻也有些發怵。

趁著慶慶睡覺，端麗跑了一個下午，去了公公的單位，又去了文光的學校。兩邊都還通情達理，單位補助了五十元，學校補助了二十。本來沒有什麼大指望，得了這些錢如同發了橫財一般高興。端麗將自家賣梳妝檯的錢拿了出來，她明白了，這年頭想要存錢是不可能的，她打消了這念頭，倒也捨得往外拿了，人窮反倒慷慨了。七湊八湊總算有了兩百多塊錢。星期天，慶慶不送來，端麗陪著小叔子上街買東西。商店裡人很多，不少商品上面貼著字條：「憑上山下鄉通知購買。」不少人都是在買出遠門的東西。文光在擁擠的人群面前很怯懦，不敢擠，擠了幾下就退了下去，永遠接近不了櫃檯。端麗心中不由升起一股憐憫，這樣個嬌生慣養、金子鑄成的人，出門在外，如何能不受欺負。他為什麼要報名呢？端麗忍不住對他說：

「文光，我看你是多心了。當初你劃清界線有你的原委和苦衷，家裡並沒記恨，何苦賭氣？」

「我不是賭氣，嫂嫂。」

「那又是爲什麼？」

「我自己也不大清楚，也許爹爹倒說對了，是忒無聊！」

「這麼樣解悶，不是開玩笑嗎？」端麗吃了一驚。

「不，嫂嫂，你不懂。」

端麗不響了。

走了一段，文光輕聲說：「不知怎麼搞的，我常常感到無聊呢！我不曉得人活著是爲了什麼。眞的，人活著究竟爲了什麼？」

「爲什麼？吃飯，穿衣，睡覺。」

「不，這是維持生存的必要的手段，我問的是目的。」

「天曉得。」端麗說。

「生活沒有意義，好像我這個人沒什麼用處似的。」

「當初你和家裡劃清界線也是因爲無聊？」端麗覺得他這樣的想法很古怪，暗暗好笑。

「或許吧！」

「爲什麼又要回來呢?不在那裡堅持著。」端麗不無譏諷地說。

文光神色黯淡了:「他們太野蠻了。我受不了,實在吃不消。」

端麗又開始可憐他了,不再說話,心裡卻仍然爲他感到沒事可做而奇怪,不覺自語道:「我可眞想無聊幾日,我實在累壞了,眞擔心會一下子垮下來。」

一個星期,確實一眨眼就掠過了。文光要走了,婆婆哭得昏天黑地,端麗一定不讓她去火車站送,讓多多請半天假在家看慶慶,自己和文影去火車站送行。

文光膽怯地靠在車窗口,一會兒便被從窗口擠開了。端麗愣愣地看著,不知他哪一天又會吃不消,想著回家。然而這一去幾千里路程,回來就不易了。端麗的眼淚滴了下來,而身邊的文影早已哭成淚人兒了。火車啓動時,文光眼圈兒紅紅的,別轉頭去,不再轉過臉來。火車越開越快,越開越快,在極遠極朦朧的地方拐了一個彎,不見了。

端麗挽著紅腫著眼睛的文影默默地走出站台,上了四十一路汽車後,文影出了一口長氣,輕聲說:「二哥走了,我也許就可以留上海。」

「怎麼?」

「政策是『兩丁抽一』。」文影解釋,又悄聲說,「我那個同學分在上海工礦了,他是獨子,特殊照顧。」

「哦——」端麗明白了，「你喜歡他嗎？」

文影臉紅了，卻沒迴避：「他已經向我表示過好幾次了。」

「這人還好嗎？」

「他能力很強。和他在一起，我感到挺有依靠的。」

「就這好！」端麗簡直羨慕起小姑了。要是她的丈夫能力強一點，可以減少她很多疲勞了。

「嫂嫂，你覺得他怎麼樣？」文影徵求意見。

「只見過幾面，印象不深。聽多多他們都叫他『甫志高』。」

文影打了嫂嫂一下。

「我看過那電影，甫志高並不難看，挺斯文。」

文影又打了嫂嫂一下：「難聽死了。」

端麗微笑著端詳小姑，發現她長大成人了。寬闊而白淨的前額，給人明朗的感覺。鼻子很秀氣，嘴角的線條很可愛，眼睛雖已哭腫，但卻流露出一種少女才有的熱望，顯得極有光彩而又動人。端麗不覺感動了，但願她能幸福。有一樁如意的婚姻，也可補償其他的不足了。

回到家，已經六點鐘。多多抱著慶慶正跳腳，說同學剛來通知她，今天晚上，要下達最新最高指示，七點鐘就要到學校等著舉行慶祝遊行。可媽媽還不回來燒飯，慶慶家裡也不來接人。她把慶慶塞到媽媽懷裡，背著語錄包就走。端麗叫：

「才六點，吃了飯再走。」

「不高興，晚了！」多多帶著哭音嚷，還是跑掉了。她是最受不得一點委屈的。

夜裡九點多鐘，多多才回來。端麗端出晚飯讓她吃，一邊問：

「什麼指示？」

多多狼吞虎嚥著，含混不清地回答：「知識青年到農村去……」

4

早上，端麗買菜回來，照例彎下腰拿牛奶，送奶的把牛奶都放在門口地上。可是地上卻只有一攤碎玻璃，一攤乳白色的水跡。一定是那些野孩子幹的，他們常常來和張家搗蛋。在樓下大聲喊：「張文耀，敲圖章！」讓人白跑一趟。或者學著紅衛兵吆喝著打門，讓人虛驚一場。甚至，在夜裡將石頭磚瓦扔進二樓窗口。大家都已經很習慣，認爲這是生活中正常的插曲。然而今天的玩笑，有點過分了。這牛奶是慶慶的，要賠償！一瓶牛奶一角七分，再加上瓶子兩毛。咪咪一直想要的一盒彩色蠟筆，可以買兩盒……端麗看著碎玻璃，發起呆來。

後門開了，阿毛娘提著煤球爐出來生爐子。他們搬來這裡是強占私房，房管處開不出房票，沒房票煤氣公司就不給裝煤氣。所以他們一直在燒煤球，每天生爐子，搞得弄堂裡煙霧彌漫，昏天黑地，人家都不敢開窗、往外晾衣服。

「怎麼了？」阿毛娘問。

「牛奶瓶被小孩子砸掉了。」端麗醒過來，彎下腰收拾玻璃片。

「哪家小伢子這麼搗蛋？找他去，要他賠！」

端麗搖搖頭，苦笑了一下。

「不知道哪家？那你罵，對著弄堂罵，罵他十八代灰孫子！」

端麗又搖頭

「你不會罵？還是不敢罵？怕什麼！你公公是你公公，你是你，共產黨的政策重在表現，不能把你們當一路人看。」她開導端麗。

端麗不響，笑笑。

「做人不可太軟，要凶！」阿毛娘傳授著她的人生哲學。

端麗抬起頭看看她，心裡倒是一動，似乎領悟了什麼。

「就像上班擠汽車，越是讓越是上不去，得橫性命擠。」

端麗點點頭。

文耀和孩子們都起來了，多多在打掃房間，她現在已將一部分家務接了過去。幹得不壞，就是有個毛病，牢騷大得嚇壞人。有時，端麗實在受不了，就說：「我寧可你不幹，也不要聽你發脾氣。」「那我就不幹！」她氣得氣都短了。可等到第二天，就看不下又動手做了，牢騷還是依舊。見多不怪，端麗隨她去講，好在她確能幫自己分去一點負擔了。

「媽媽，買油條了嗎？」來來問。

「買了，買了。」端麗把油條從籃子裡拿出來。

「媽媽，我不吃油條！」多多說，「你把四分錢給我。」

「買都買了。沒有錢給你。」

「不，給我嘛！油條我不吃，給我四分，公平合理。」多多固執地說。

「媽媽，慶慶要吃牛奶了。」咪咪攙著慶慶過來。

端麗猛地想起了牛奶，不由抬起手拍了拍腦袋：「牛奶被小赤佬敲碎了。咪咪，你快吃早飯，吃過了到食品店門口排隊買一瓶，去晚了就買不到了。」

零售牛奶十分緊張，每天只賣很少的幾瓶，必須在九點半鐘開門之前就等著。咪咪排隊買東西是好樣兒的，不急躁，不擅離崗位，乖乖地站著，無論排多久都沒有怨言。而且這孩子很仔細，小小年紀出去買東西，大至交付五六元錢的水電，小至兩分一盒的火柴，從沒錯過帳，丟過錢。她比哥哥姊姊都更知道生活的艱辛，誰讓她生不逢時，剛懂事就遇亂世。

這會兒去排隊，起碼九點半才能買回牛奶，慶慶九點就該睡上午覺了。好歹得給他吃點東西，吃什麼呢？端麗低頭看看小傢伙，他正半張著嘴愣愣地瞅著咪咪吃泡飯。咪咪把油條放在一邊，光吃醬瓜，津津有味，很是饞人。端麗靈機一動，「咪咪，你給他吃一口泡飯看看。」慶慶居然吃了，而且嚥了。端麗趕緊盛了小半碗泡飯，把油條撕碎，然後坐下來餵他。

「端麗，」文耀叫她，「妹妹學校來通知，晚上要召開家長會。媽媽耳朵不好，叫我去。我想恐怕是要動員上山下鄉的事。我不大會應付這些事，你去吧，啊？」

「你怎麼這樣沒用場？」端麗哀怨地說。

「現在又不比爹爹那時候，人要能幹才能生存。託共產黨福，一人一份工資，省心省力，沒有肉吃，也有飯吃。」

「我看是爹爹的鈔票害了你，什麼事都不會幹。」

「我是有爹爹的鈔票。沒鈔票的人我看也不見得有能耐，不過比我多幾句牢騷。」

「你的嘴倒能說。」端麗說不過他，這時候方能記起他在學校裡是個辯才。

「好，不說了。晚上，你去開會啊？」文耀把碗一推，溫存地撫摸了一下端麗的頭髮，走了。咪咪吃完了泡飯，手裡拿著沒捨得下飯的油條，一點一點咬著跑去排隊了。來來還沒吃完，悄悄地對多多拒絕的那根油條進行蠶食。多多站在自己的小床跟前，低著頭不知在幹什麼。端麗好奇地望望她，見她在往一個泥罐子裡丟錢。

「多多，你在存錢？」

「嗯。我同學送我一個撲滿，錢放進去就拿不出來了，最後存滿就把它砸碎。」

「你存錢幹嘛？」

「我要買一雙鬆緊鞋。」多多說。目前，女孩子中間很流行男孩子穿的鬆緊鞋。

端麗發現女兒長大了，胸脯開始豐滿，衣服綳在身上，顯小了。姑娘大了，就知道要好看，知道打扮。端麗感到對不起女兒，心想著應該給她做幾件衣服。自己在她這個年紀，有多少衣服哪！

多多把撲滿小心翼翼地放在床底下，以免被慶慶頑皮碰碎：「這樣才能存住錢呢！」

這給了端麗一些啟示。當然，她不是小孩子了，自己能管制自己，用不著拿個撲滿來強行節約。她找了個舊日用過的珠花小手提包，決定將一些可用卻沒用去的錢放在這裡，雖是極少的幾個錢，可總是在積起來。炒菜時，味精沒了，她剛要張嘴喊咪咪去買一袋，轉念一想：這完全可以省下，鮮與不鮮之間，本沒有一道絕對的界線。她把省下的六毛二分錢丟進了錢包。上街買牙膏，她毅然屏棄了從小用慣的美加淨，而買了上海牙膏，又省下兩毛八分。她嘗到了節約的樂趣，並且一發不可收拾，心心念念想著如何裝塡錢包。以致文耀也諷刺她是「葛朗台」。

趁慶慶睡覺，她打開箱子，想找幾件舊衣服給多多改兩件襯衫。家裡本來有著成堆成堆的各色料子。買料子，是她往昔生活裡的一大樂事。走在街上，逢到綢布店必定進去，不管用得著用不著，她總要買幾段。有時因爲花樣別致，有時因爲料子質地優良，有時因爲自己喜歡，有時僅僅因爲想買。不少衣料買回來便忘在了一邊，都被蟲蛀了。抄家時把這些東西全翻出來，集中在院子裡開「階級教育展覽會」，連她自己都吃驚怎麼會積存了這麼多東西。

端麗找出兩件半新的旗袍，花色都很好看，一件是咖啡底色上奶黃碎花，一件是天青色的。她擺過去，擺過來，不明白該如何下剪刀裁。想了一會，她取出多多的一件襯衫，先用報紙照樣兒放大一點，剪了幾個衣片。然後把衣片放在拆開的旗袍上，盡力使衣片全部被容納，再用畫粉畫下來，最後才用剪子。她慢慢地做著這一切，像小孩子做拼板遊戲，頗有興味。當她先用大針腳把衣片連上的時候，心中的高興是無法形容的。她很佩服自己，多麼聰明啊！居然想出這麼個主意，她嘗到了創造的滋味。多多放學回來，她立即要多多試樣。多多穿上以後，就再不肯脫了。興奮得紅著臉，在鏡子前左照右照。在她新衣服穿不完的時候，還是個不懂事的小娃娃，當她長成大姑娘，眞正愛美了，卻從沒穿過一件新衣服。她沒什麼可以修飾的，只能在兩根短辮子上下工夫，一會兒繫紫色的玻璃絲，一會兒繫紅色的玻璃絲，不同顏色玻璃絲能帶來的微妙的變化，只有她自己才能覺察。端麗告訴她，衣服還沒最後做成，需用細針細線繰起來方可穿著。多多戀戀不捨地脫下衣服，就嚷著要自己繰。端麗不願意，這件勞作這麼吸引她，也許因爲這是頭一件從她手裡創造出來的成果吧！這一個下午，母女倆都很興奮。端麗一邊密密地縫著，一邊思忖著接下去，還要爲來來和咪咪改做什麼。

文影學校的家長會眞是談分配問題的。這屆畢業生是插隊落戶一片紅，百分之百的外地農村，簡稱「外農」。去向有黑龍江、雲南、內蒙、貴州、安徽、江西。經濟困難者，獨生子女者，統統不予照顧，統統接受貧下中農再教育。

回家商議，大家決定屏住不走。姆媽說：「我已經把她養到十八歲，不信這會兒就少你一口飯了。」端麗也表態：「沒什麼了不起，我大學畢業還不過做家庭婦女。」文影從頭至尾一直在掉淚，搞得大家好心酸。端麗很可憐她，也許只有她知道文影傷心的更深一層原委。「甫志高」已經正式上班了，在閔行一家大工廠做工。想想自己當年，這正是最開心、最無憂慮的時候，而文影這些姑娘，卻在豆蔻年華承受這麼多的憂愁。想到這裡，她更下了決心，要幫助小姑賴到底。方案定了，可落實起來卻不那麼簡單。

先是班主任來動員，端麗幾句話就把他嗆出去了。她雖不大曉得外面的形勢，但看他那破破爛爛的一身便知他目前的地位不高，人人都可欺得。接著里弄裡打著鑼鼓來宣傳，野蠻小鬼趁機砸碎兩扇玻璃窗。然後，學校裡開學習班，端麗出席，讓文影在家帶慶慶。名曰學習班，就是逼著表態，不表態不讓回家，吃飯時給每人送來一碗開水一只麵包。第一天端麗沒吃，但第二天仍向她收錢，一氣之下，索性吃了。這一關挺過來了，但學校和爹爹單位接上關係，將文影的生活費停發，爹爹因此挨了批鬥。婆婆、文影成天啼哭不止，文耀只是連聲嘆氣，一無所措。端麗和他說說，他反而不耐煩，說：「妹妹也是太嬌氣，我不信外地是地獄，那裡不也有千千萬萬人在生活。」胸懷一下子廣大了許多。最後，學校來了最後通牒，再不報名，就要強行將戶口在總冊上註銷。並且，越往後去的地方越糟，只有內蒙、雲南，甚至還有西藏。這些地方在只知道天井上方一塊雲的上海市民聽來，就像是外國，想都不敢想的。實在無奈，文影決定去了江西。江西總比安徽遠了一些，可安徽吃雜糧，那是絕對受不了的。

家裡傾其所有，爲文影準備一份行裝。她遠不如文光好將就，什麼都要帶，什麼都要買。馬桶、木盆、火油爐、鋼精鍋、上海大頭菜、香腸、罐頭，僅牙膏就帶了十條，衛生草紙帶了一肥皂箱。如沒有錢滿足她的需要，她就哭，哭得人腸子都揉碎了。後來，只得又賣了幾件東西。端麗把錢包裡攢的錢也奉獻出來，多多空前地懂事，將撲滿遞給媽媽，轉過臉說：「你摔好了，鬆緊鞋我不買了，現在反正已經不興了。」端麗不忍心，收了起來，可是到最後，文影還要買十斤捲子麵，端麗只好把撲滿砸了。數數，已有四元多錢，超過一雙鬆緊鞋的價值了。她留了一點錢，準備去買一塊直貢呢鞋面，自己學著做一雙。她深感到這家的子女都是無用且自私。樓下阿毛娘的大兒子也去安徽插隊，運行李那天她看見，只有一只板箱一個行李捲放在自行車後架上一捆就馱走了。

給文影送行的場面極其淒楚。因是上山下鄉的高峰季節，北站壓力太大，所以是在彭浦貨車站發車的。沒有月台，送行的人站在很低的碎石路基上，伸長了胳膊也摸不到車上人的手，給人一種咫尺天涯的感覺。文影從未離開過上海，也從沒想過要離開上海，儘管她的父輩是出生在浙江一個倚山傍水的小鎮上，十八歲才來上海學生意的。而說到了底，上海究竟又才有多少年的歷史？但她只屬於上海，上海也應屬於她。儘管沒去過外地，卻聽來了很多外地的壞話。包括端麗，也是對上海以外的一切地方既懼怕又憎惡。然而看到文影那種幾不欲生的失態樣子，端麗傷心之餘又有些奇怪：外地究竟有那麼可怕嗎？究竟是誰也沒去過那裡呀！她有點覺著好笑，附帶著把自己也嘲笑了。

公公也去送了，他以爲文影走有他的責任。如果他當年不做老闆，只老老實實當一生夥計，文影就可以屛到底了。火車開了，「甫志高」先走了，他還要上夜班。端麗陪著步履蹣跚的公公慢慢走出站台。默默走了一段，公公愴然說道：

「都怪我作了孽，帶累了你們。」

「爹爹，你不要說這個話，我們都享過你很多福。」

公公不響。

「爹爹，你別忒擔心了。文影很嬌，沒出過門，想得很駭人。也許眞到了那裡也不過如此。」

「文影是很嬌，我們家三個孩子都很不中用啊！」公公說。

端麗以爲自己說話造次，公公生氣了，不敢再作聲。公公卻又道：

「端麗，我看你這兩年倒有些鍛鍊出來了。我這幾個孩子不知怎麼，一個也不像我。許是我的錢害了他們。他們什麼都不會，只會花鈔票。解放前，我有個工商界的老朋友，把錢都拿到浙江家鄉去建設，鋪路，造橋，開學堂，造工廠，加上被鄉下人敲竹槓，一百萬美金用得精光。我們笑他憨，他說鈔票留給子孫才是憨。果然還是他有遠見。」

端麗不知道該怎麼搭腔，不響。

「幸虧是新社會，每個人總有口飯吃。無能就無能，罷了！只願他們老老實實，平平安安，我也閉眼睛了。」公公淒楚地說。

「是呀，只求大家都太太平平。」端麗輕聲附和。

5

慶慶要進幼兒園了，就要離開端麗的家了，全家都有些戀戀不捨。多多不再提起爲他所受的委屈：炎炎夏日，自己的汗來不及乾，卻要給他扇風哄他入睡，他卻偏偏不睡。她手扇疼了，最後是聲淚俱下。她抱著慶慶上街走了一圈，用難得的一點零用錢給他買了根雪糕。來來對慶慶撕壞他郵票的罪行，重新採取了既往不咎的寬大態度，並且畫了好幾艘航空母艦送給他。咪咪本來就和他很好，但曾經因他用手撈菜吃，打了他的手心，於是就老問他：「慶慶，你恨我吧？」連老是叨叨慶慶太難弄的文耀都賞了他幾句好話：「這孩子還是很乖的，不愛哭，不哭的孩子好。」最後的幾天裡，大家都搶著給慶慶穿衣，餵飯，搶著抱他。慶慶是個很有感情的小孩，經過這兩年的共同生活，已經完全站在端麗他們的立場上了。有野小鬼來鬧事，他會簡潔而嚴正地指責：「壞！」家裡帶來水果，他會送到端麗嘴邊說：「娘娘吃。」多多發脾氣，他會和咪咪一起害怕，一聲不吭，悄悄進，悄悄出。離開的那天，他居然抱著端麗的脖子放聲大哭起來，哭得端麗心裡酸溜溜的，好一陣難過。他走後，有很長一段日子，端麗不習慣，心裡總是空空落落。買菜回家，她常常下意識地彎腰去尋牛奶；燒飯時常常把鍋傾斜一點，使低處的飯能爛一些可供慶慶吃；坐著縫東西，她又會莫名其妙地一驚，以爲慶慶睡醒了在哭。逢到這種時候，她就感到又好笑又不解。

自己有了三個孩子，卻從沒在孩子身上嘗到這麼多滋味，甜酸苦辣，味味俱全。她的孩子跟著奶媽長大，不跟她吃，不跟她睡，只要奶媽，不要她。她以爲很正常，並不見怪，孩子是跟著奶媽長的，自然同她親，跟自己疏了。

慶慶走了一個月，端麗才發現更實際的一塊空白，每月突然少了近二十元收入。她不得不去找金花阿姨，請她再找一個孩子。去之前，她想到屢次麻煩人家，很不過意，買了一盒水果蛋糕帶了去。金花阿姨一口答應幫她找人家，卻死也不肯收蛋糕，連連說：「罪過，罪過！」要說過去她對端麗家的窘迫還有些懷疑，以爲他們是「眞人不露相」，哭窮；而如今，她是眞相信了。她說：「像你這樣的盤房小姐，少奶奶，居然幫人家領小孩，必定是山窮水盡了。」過了兩天，金花阿姨來了，並沒帶來確切的回音，卻帶來了一斤三兩毛線。

「張家媳婦，」她總是這麼稱端麗，「你會織絨線衫吧？」

「絨線倒是會的，不過不一定拿得出去。」

「不要客氣，不要客氣。有個老太太想織件絨線衫，只要暖熱，不要好看。送出去織吧，全是機器搖，可惜了好絨線，想找人手織。」

「我試試看好了。」

「尺寸在這裡，樣子就是一般老太太套在外面的開衫。平針，上下針，隨便你。工錢嘛……」

「我不要工錢，我橫豎沒事情，織織玩玩。」

「這有啥客氣的？這是人家託我的事。工錢我去打聽過了，四塊錢，好吧？」

「我不要工錢。」

「你不要我就不給你織了。」金花阿姨說著丟下毛線就走了。

端麗專心專意，日趕夜趕地織了一個星期不到，完成了。收入四元，正好趕上付掉煤氣帳。她覺得自己狼狽，可又有一種踏實感。她感覺到自己的力量，這股力量在過去的三十八年裡似乎一直沉睡著，現在醒來了。這力量使她勇敢了許多。在菜場上，她敢和人家爭辯了，有一次排隊買魚，幾個野孩子在她跟前插隊，反賴她是插進來的。她居然奪過他們的籃子，扔得老遠。他們一邊去拾籃子，一邊威脅：「你等著！」可結果卻並沒發生什麼。來來剛升中學，在學校受了欺侮，她跑到學校，據理力爭，迫使老師、工宣隊師傅讓那孩子向來來道歉。她不再畏畏縮縮，重又獲得了自尊感，但那是與過去的自尊感絕不相同的另一種。

自從織過這件毛衣後，她去找了本《絨線編結法》，學了好幾種花樣，又去找金花阿姨，想請她再幫著介紹一點毛線生活。可是她一眼看見上次織的毛衣正罩在金花阿姨自己的身上，她再也說不出話來了。

其實不用開口，金花阿姨也知道她的來意，歉然說：「我一直在打聽，沒有合適的人家。不過，我聽講街道工場間最近缺人手，你可以去申請一下嘛！」

「工場間？」

「生活很輕的，當然鈔票也不多，我也不大清楚。」

「這事該找誰去說呢？」

「先找找你們弄堂的小組長。」

「好的，謝謝你。」

「謝什麼？」

「我走了。」端麗走了兩步又回過頭，撫摸了一下金花阿姨身上的毛衣，輕聲說，「我不該……」

金花阿姨推開她的手：「那老太太穿了嫌小，賣給我了。只要毛線錢，手工費就算她蝕的老本。」

端麗眼圈紅了。

一路上，她考慮著金花阿姨的提議，越想越覺得是個好主意。咪咪馬上要上學，不能在家幫忙了。多多下鄉參加三秋勞動，去時只說兩周便回，可忽然說是要備戰，爲疏散起見，暫不返滬，要作半年一年的打算。戰爭在端麗眼裡太遙遠了，她只知道多多不在家，不能搭搭手了。帶小孩，非要有一雙眼睛長在他身上，否則就會出事。這不是一瓶牛奶，碎了可以賠，這是性命交關的事啊！如今家裡離得開人了，完全可以出去工作，生產組收入雖不多，可總是有一定保障的。在這一系列的考慮中，她居然一點都沒想到自己的出身和那張大學文憑。她只想著生活的實際：房租、水電、煤氣、油鹽柴米。要是文光知道了這些，又會如何地悲哀啊！本是維持生存的條件，結果反成了生活的目的。他以爲生存是用來爲一個極偉大的終極目的服務的。然而，左右前後觀望一下，你，我，他的生活卻實在只爲了生存，爲了生存得更好一些。吃，爲了有力氣勞作，勞作爲了吃得更好。手段和目的就這麼循環，只有循環才是無盡的，沒有終點。唉，說不清楚，人生就像一個謎。有人說，生，爲了吃苦；有人說，生，爲了享樂；有人說，生，爲了贖罪；有人說，生，爲了犧牲……讓那些吃飽穿暖的人去想吧，這會兒端麗滿腦子裡，只有一個念頭——設法進工場間，掙得一份固定收入，維持家裡的開銷。這個念頭占據了她，充實著她。她沒有回家，直接往里委會去了。

不知道是因爲工場間缺人已到了不可拖延的地步，或者是爲了好好改造端麗這位「資產階級少奶奶」，回音很快來了，同意她進生產組做臨時工。

端麗上班了。

工場間設在一幢石庫門房子的底層。弄堂太狹窄，兩排房子之間距離很近。因此，房間裡每天只有很少時間能照進太陽。很陰冷，而一旦太陽照進來，又很潮熱。房間不大，約二十平方左右，從這頭到那頭擺了一長條木板檯子，上方是一長列日光燈，人就坐在木板檯子兩側工作。端麗在指定給她的位置上坐下，環顧了一下周圍的同事們，大都是四十歲上下的婦女，有一些年紀很老的老阿姨。還有一部分小青年，有男也有女，都是因爲身體不合格，不能去插隊落戶才分到這裡的知識青年。另外還有一個看不出年齡的人，他總是憨厚地微笑著，笨拙地轉動身子，跑上跑下，送活取料，喘著粗氣，十分巴結。大家都叫他阿興，對他動手動腳地開些極不禮貌的玩笑，他只是笑，口角慢慢地沁出一絲口涎。是個傻子。

做的生活是繞一種裝在半導體收音機上的線圈，很簡單，不需要技術，只要細心，耐心。如金屬線繞得稍有點不勻、不齊，或鬆了或緊了，都要作廢重來。

端麗仔細而努力地工作，做了一個小時還沒有報廢過一個。她感到興趣，看見從自己手裡繞出了一個個零件，整整齊齊地躺在紙盒子裡，又興奮又得意。當那阿興來收活兒時，她都有點捨不得讓他搬走。十點鐘，牆上的有線廣播響了，開始播送工間操音樂。大家放下手裡的活兒，伸著懶腰紛紛起身往外走。鄰桌的梁阿姨告訴她，上下午各有十五分鐘工間操的時間，願做操就做操，不願做也可以休息休息，總之，這十五分鐘是不用再做生活的。端麗放下手裡的活兒，可是卻不知幹什麼才好。她坐在板凳上，無聊地看著自己的指甲。小青年在弄堂裡嬉鬧，瘋笑著，笑得很粗魯。阿姨們都倚在門框上，東看看，西望望，扯著山海經。端麗感覺到她們不時好奇地回頭看看她。

「是那邊大弄堂裡那資本家家裡的大媳婦吧？人樣生得蠻好看，像姑娘似的。」

「小囡都有三四個了。會保養呀，顯得多少後生。」

「……搞得真結棍，少奶奶也出來做生活了。」

……

端麗本想出去和她們一起站站的，可是聽到人家這麼議論，她不好意思走出去了。手腳都無處可放，乾脆，她又埋下頭繞起線圈來。

「歐陽端麗！」梁阿姨叫她，「這麼巴結幹嘛？出來玩玩。」

端麗尷尬地笑著站起來，走過去。

「生活做得慣嗎？」一個小矮個子阿姨問她。

「還好，蠻好！」她回答，她認出這阿姨曾經來家裡破過「四舊」，幾個四尺高的明代青瓷瓶全都是她打碎的。

「早上出來還來得及？」又一個高大壯實的女人問。

「有點緊張。早起點還是來得及的。」她回答。今天半夜裡她就起來了，掃地、燒早飯、買菜。在菜場上聽到喇叭裡「嘟嘟」響了六點，她就再不敢逗留了，怕錯過了時間。很久以來，她沒被時間嚴格地約束過，七點鐘的事放在八點鐘做也可以。現在可不行了，七點半上班，晚半分鐘也不行。

「小囡大了嗎？會得幫忙了吧！」一個臉很黑，上唇汗毛很濃的阿姨問。

「老大已經十五歲，會做點了。不過跟學堂下鄉備戰去了。」端麗認出這女人的兒子時常來與她搗蛋作對。

「佢阿囡也去了，我叫她阿哥跑到鄉下把她拉回來了。打仗就打仗，打起來，一家人死在一道。現在沒死都得吃飯，她回來拆紗頭可以拆點鈔票來。」梁阿姨大聲說。

「花樣經透唻！一歇歇剪尖頭皮鞋，一歇歇插隊落戶，一歇歇打仗。花樣經翻下去，翻得沒有飯吃才有勁！」

「小菜難買唻……」

端麗默默地聽著阿姨們談論時事，很有同感，但一句也不敢插嘴。心裡卻奇怪這些當初那麼起勁地來她家破「四舊」的人，對生活有著和她一樣的嘆息。看來，他們過得也不好，「文化大革命」也並沒有給他們帶來什麼好處。

中午，有一個小時的吃飯時間，多數人不回家，他們早上把帶來的飯盒子送到居民食堂蒸熱，這時就在工場間裡吃。端麗匆匆忙忙往家裡趕，心想，以後最好也在工場間裡吃午飯，省得這麼奔來奔去，吃完飯，還有時間打個瞌睡呢！只是中午文耀和兩個孩子吃飯該怎麼安排呢？唉，文耀是一點忙也幫不上。

下午的四小時就不如上午好過了。這一系列的動作，重複得畢竟太多了，並且她已經很容易很輕鬆地掌握了。新鮮感消失，只覺得很枯燥，很悶氣。她的腰有點痠，脖子有點瘦，眼睛呢，老是在日光燈下盯著看，也有點瘦，她累了。她不斷地看錶，越看錶越覺著時針走得慢，她懷疑錶停了。

好容易挨到工間操時間，她趕緊放下活兒，站起來同大家一起走出工場間，站在弄堂裡，她覺得很愜意。幾個青年在捉弄阿興，一會兒叫他唱歌，一會兒叫他跳忠字舞，十分惡劣。大家都呵呵地樂，連端麗也樂。她既覺得很缺德，想到人家家裡人知道了，會如何難受，可又從心裡想笑。她笑得很響，很放肆。

兩個女青年學著騎黃魚車，一直騎到馬路邊上，不時尖聲驚叫，以爲要翻車了。一個小夥子奔過去趁機找便宜：「叫我一聲阿哥，我教你們踏黃魚車。」

「叫你阿弟！」

「好極了，再叫叫看！」

「阿弟！」

不知他採取了什麼具體的行動，只聽得麻雀窩被搗了似的一陣嘰嘰喳喳的聒噪，然後便是乖乖的叫「阿哥」聲音。接著，便看見那小夥子踏著車，兩個女孩子坐在後面，三個人臉上都帶著滿足和興奮的神情，慢悠悠地騎了回來。

也許僅僅是昨天，端麗還會覺得他們又無聊，又輕浮。可今天，她同大家一起笑，覺得很有趣，很開心。工作太枯燥了。一點點極小的事情會使人振作。簡單的勞動使人也變得簡單了。

十五分鐘極其迅速地過去，工作又開始了。端麗感到手指頭的每個小關節都疼了，她已經是下意識地機械地操作。她清楚地聽見時鐘的滴答滴答。弄堂裡有小孩子的嘈噪聲，幾個小孩背著書包登登登地穿過工場間上樓了，這是樓上人家的孩子。終於，放工的鈴聲響了。端麗走出工場間，一身輕鬆。夕陽很柔和，天邊染了一層害羞似的紅暈。馬路上自行車鈴聲丁鈴鈴地響著，像在唱一支輕鬆而快樂的歌。一個一定是被老師留了晚學的調皮孩子，頭頂書包，在行人的腿間鑽來鑽去，招來一陣怒罵。生活像流動的活水，端麗是水中的一滴。她心情很好，很開闊，她從來沒體驗過這種心情。

回到家，咪咪告訴她，姊姊來信了。端麗忙著淘米做飯，讓來來念給她聽。多多的信寫得十分懂事，一上來就寫：「親愛的媽媽、爸爸（她把爸爸排在媽媽後面）、弟弟、妹妹：你們好！」然後又向爺爺、奶奶問好。接下來就寫他們的生活，她說他們基本上不大幹活，每天睡懶覺，很開心。這個星期吃了一次肉，老師帶他們一起走了二十里路，去一個叫什麼陳水橋的小鎮上吃了餛飩和大餅油條，很開心。晚上，大家早早鑽進被窩，吹滅了燈，講鬼故事，嚇得夜裡不敢起來上馬桶，也很開心。只是有一點，很想家，每個人都哭過一次。不過，老師悄悄對他們說，可能很快就可以回家了，似乎這消息是來自一個很遙遠很神祕的指令。老師叫他們不要說出去。所以多多也叮囑媽媽千萬不要說出去——然而這卻被來來十分響亮地念了出來，端麗趕緊讓他小聲點——最後，多多又讓媽媽保重身體，不要太勞累，叫弟弟妹妹聽話。端麗聽到這裡，眼淚汪汪的，覺得自己這麼多辛苦沒有白費。甚至覺得吃了這麼多苦而聽來女兒這麼幾句話，是非常值得的事情。

這天夜裡，非常意外的，文影回來了。和另一個女生一同來，那姑娘坐都沒坐，和文影一起將帶來的花生、竹筍、香菇分了，說了聲「明天見」，便提了自己的一份回去了。

文影雖只去了五個月，但大家都覺得如隔三秋，全家老小都披衣起床了。文影黑了，瘦了，卻還精神。婆婆先是高興，跑進跑出打水灣蛋、倒洗臉水，忽又想起文光，遠在北國，不知何時才能見面，不覺又落下淚來。文影情緒倒很好，有說有笑，反比過去話多了，也活潑了。她談到那裡的山，山上的樹和泉眼；談到集體戶裡爲一頓飯一擔水的拌嘴；談到那裡的鄉下人都叫做老表。大家饒有興趣地聽著，聽了半天，才想起問她，是怎麼回來的，出差還是探親？文影回說看病。什麼病？大家一愣，文影詭祕地眨眨眼睛，不回答，大家只以爲是婦科病，便也不追問。一看，時間已過兩點，就此打住，都回去睡了。

端麗卻睡不著了，想想覺得有些奇怪，推推丈夫：「文耀，你覺得文影有點怪吧？」
「有啥怪？」文耀莫名其妙。
「話多得很，同她平素很不一樣。」
「出去見過點世面了，鍛鍊出來了嘛！脾氣又不是生死了不能改的。」
「我總覺得不對頭。她到底是來看什麼病呢？」
「我看你有點神經病了！」文耀翻了一個身，睡了。撇下端麗一個人胡思亂想了好久，不知什麼時候朦朦朧朧睡著了。
第二天，她下班回來，正遇那與文影同行的女同學從家門出來，淺淺地打了個招呼，擦肩而過了。回到家，見婆婆坐在她屋裡，愁容滿面，叫了聲端麗，連連說：「前世作孽，前世作孽！」
「怎麼啦？姆媽。」端麗慌了，心中那不祥的疑雲濃重擴大了。
「端麗啊！妹妹生的是這裡面的毛病啊！」婆婆點點太陽穴。
果然。端麗的心往下沉了沉。
「文影本來就不情願去，心裡不開心，夜裡老是在被子裡哭。後來，她上海的那個男朋友寫信去，意思說不談了。她看了信反倒不哭了。發毛病了呀！」

「這個人眞不講仁義，當時他橫追豎追，是他主動的呀！不過，一個在上海，一個去鄉下，確實也不好辦！」

「這種毛病叫花癡，老法人家講，要結婚才會得好，這哪能弄啦！」婆婆捶捶桌子又哭了。

端麗趕緊跑去把門關嚴：「姆媽，萬萬不可被妹妹聽見。這種病不能受刺激，一刺激就要發。」

「你說怎麼辦呢？端麗啊！我一個老太婆，不中用了，你爹爹現在也是自身難保，走出走進都不自由，文耀只會吃吃玩玩，就靠你了。」

「姆媽，這種話沒什麼講頭。眼下，給妹妹看病是要緊的。」

「我怕去看了毛病，傳出去，害她一生一世。」

「毛病總要看的。我先去打聽一下，你不要急。」

「打聽的時候，只說爲別人幫忙，萬不可漏出眞情。」

「你放心，姆媽，你放心。」

文影的症狀一日日明顯起來，老是聽見「甫志高」叫她，就奔到樓梯口等著，等了半天等不來，就嘆氣。回到屋裡坐坐，又坐不定。過一會兒又洗澡換衣，梳妝打扮，說晚上分明同「甫志高」有約會，去逛馬路或者看電影。同行的那位女生將文影送到家就算完成任務，再不來了。於是，一家人爲著她忙得團團轉。端麗已去打聽了精神病院的情況，可婆婆猶豫著不願送去看病，怕事情傳開，對文影將來不好。

端麗要上班，燒飯，洗衣，還要幫著勸慰文影，忙得焦頭爛額。正煩亂著，多多回來了，一看到媽媽就撲上來，親熱得要命。她長大了一截子，稍黑了些，卻不瘦，反顯得很健康。端麗看著女兒，十分高興，她還是頭一回嘗到離別和重逢的滋味。她毫不猶豫地煎了幾個荷包蛋，慰勞多多，別人也跟著沾了光。文耀趁機讓來來去打了一兩黃酒，他是很會抓住時機享受的。晚上，多多一定要和端麗睡一個床，於是文耀被趕到屏風後頭多多的小床上去，咪咪也擠了過來。母女三人嘰嘰呱呱談了一夜，什麼話都講了，連同多多她們夜裡講的鬼故事都講了。來來不能參加，很妒忌，不時地說一聲：「瘋子！」文耀睡醒一覺聽見她們在笑，以爲天亮了，坐起來看看月亮，搖搖頭又躺下。

說著，笑著，多多和咪咪終於睡去了，端麗一手摟著一個女兒，心裡充滿了做母親的幸福。她忽而又想起了過去的好日子，那日子雖然舒服，無憂慮，可是似乎沒有眼下這窮日子裡的那麼多滋味。甜酸苦辣，味味俱全。多多翻了個身，細長而豐滿的胳膊繞住了媽媽的脖子。端麗感動地想：我們再不分開了。一家人永遠在一起，無論發生什麼也不分開。她這會兒比以往任何時候都更愛她的家庭，家庭裡的每個成員：任性的多多，饞嘴的來來，老實厚道的咪咪，還有那個無能卻可愛的丈夫。她覺得自己是他們的保護人，很驕傲，很幸福。

6

星期六晚上，婆婆把文耀、端麗找來，要同他們商量文影的事，讓大家想想辦法，然而她一上來就定了調子：

「精神病院，我想來想去不能送。」

於是，文耀和端麗也不好發表意見了。

「進了醫院，要綁起來住橡皮房間，還要坐電椅，沒有毛病也要作出病來了。」

關於精神病院的傳說確實十分可怕，雖然誰也沒去過那裡，但越是沒有事實依據想像就越自由。文耀、端麗只好沉默著。

「我們寧波鄉下，有過一個花癡，什麼藥也沒吃，結過婚以後好得清清爽爽。」

端麗聽到這裡，開始明白婆婆的用意了，便小心翼翼地說：「文影年齡不小了，照理說是可以考慮婚嫁大事。只是現在人在鄉下，一沒戶口，二沒工資，恐怕難找到合適的人家。」

「是的，姆媽。再說有這種毛病，瞞人家是瞞不過去的，不瞞人家吧，人家說不定……」文耀沒說完，就被母親氣洶洶地打斷了：

「所以要請你們哥哥嫂嫂幫忙呀！要你們來做啥？不就是想辦法。文影會得嫁不出去？眞是笑話了。」

「嫁怎麼會嫁不出去，總要找個靠得住人啊！」端麗打圓場，「姆媽再讓我們好好想一想，好吧？」

夜裡，端麗和文耀商量來商量去，覺得只可能在鄉下找個婆家。文耀淒楚地說：

「想不到，我們家的姑娘落到了這個地步。」

「怪誰？怪你自己姆媽老腦筋。有毛病不看，要結婚，自己要跌身價。」端麗沒好氣地說。

「姆媽活了六十多歲，會沒有你我懂？進了精神病院，等於歷史上有了一個污點。你懂嗎？」文耀振振有詞。他只敢在權威已經確立的理論前提下，堅持意見，發揮見解。學校裡，權威是工宣隊；家裡，權威則是父親母親。

「那你就從命，不要怨天怨地。」端麗說畢，不再出聲。

「動氣了？」過了會兒，文耀不放心地問。

「沒有。我在想，既然注定找鄉下人了，總要找個好的。還有，能不能找個近處的，比如紹興，昆山，結了婚以後還好調過來。離上海近，生活習慣好一點，也叫得應一點。」

「對，對！」文耀直點頭，覺得妻子很聰明。

婆婆對此建議也十分贊成，當即決定給她寧波鄉下一些娘家的遠親寫封信。雖是「文化革命」至今沒來往過，可從前，沒少給他們好處，想來不會不幫這個忙的。並且是把一個上海姑娘送上門去做媳婦，她認爲該搶著要才合理呢！信，是由文耀寫的，嚴格地說，是端麗口授，文耀記錄。先寒暄了幾句客氣話，再把文影的情況寫了一些，並附上一張相片，然後轉入正題——找份人家。只說想往近處調，距上海近點。關於病，就寫了極含蓄的一句：「受了點刺激，身體不大好。」信寄走了，以後的日子，便是在盼望回信中打發了。每日兩班郵差，成了大家最歡迎的人。盼過上午盼下午，盼過下午盼明天，文影的病症似乎越來越嚴重了。

一件事未了結，又來了一件，多多的中學三年混過去，要分配了。同六八屆一樣的一片紅，據市鄉辦的人說十年後、百年後，仍是一片紅，這樣才能代代紅。天天上班，工場間裡常常談論這話題，看來上山下鄉影響到了每一個家庭。

「女兒學校裡上門來動員了，」梁阿姨說，「我對他講：你放心好了，我們不會去的。講過一句再不和他囉唆，讓他一個人坐在房間裡，橫豎他也不會偷東西。他坐了一歇就走了。」

「伲囡也要分配，她姊姊剛去安徽，學堂裡不好意思來動員。我不讓她去，她和我吵，我說我養活你，你還有什麼可吵的！」

「跑得去插隊落戶，還是要養她。他們又養不活自己，反倒在火車上貼掉鈔票。」

「在家裡也不見得一生一世沒有工作。上兩屆講『兩丁抽一』，這兩屆一片紅，下頭兩屆又不曉得如何了。我們國家的政策不過夜，人就不好太呆了。」

端麗不好插嘴，可聽聽這些牢騷，能出出氣，也能得到啓發。她心裡活動起來，是不是再應該試一試，把多多留住。當初文影分配時，如再硬硬頭皮咬咬牙，說不定也就賴下來了。從感情上來說，她捨不得和女兒分開。女兒大了，和媽媽貼心多了，想到要把她送走，好比在心上剜了一刀。從經濟上來說，她也無力再準備一份行裝。小叔和小姑相繼下鄉，把家裡最後一點老底都挖盡了。

「歐陽端麗，」梁阿姨叫她，「你家小孩挨著插隊落戶吧？」

「老大是六九屆的，一片紅呀！」

「你讓她去？」

「講心裡話，眞不願，她讀書早，讀的是五年制，現在十五足歲都不到。但是我們家這個成分恐怕賴不下去。」端麗憂心忡忡。

「有啥賴不下去？你怕啥？插隊落戶麼最最推板了，再壞也壞不到哪裡去了。」

「到時候再講了。」端麗說，心裡卻好像定了許多。

回到家裡，多多就告訴她，晚上學校要來家庭訪問，讓她等著。

吃過晚飯不多久，果然有人敲門，正是多多學校的工宣隊師傅和一位老師。他們坐下來先是環顧了房間，接著便和藹地詢問家裡的情況：

多多的父親多少工資，母親多少工資，弟弟妹妹多大年齡，多多的身體好不好，等等。然後就開始了動員工作。端麗心裡別別跳著，早就在做著回絕他們的發言準備。這會兒，不等他們把話說完，就氣急敗壞地說：

「多多年齡很小。參軍年齡，工作年齡都是十八歲，她不到十五，不去。」

「李鐵梅也很小……」那工人師傅說。

「多多比李鐵梅還小三歲呢！」

「早點革命，早點鍛鍊有什麼不好？」工人師傅皺皺眉頭，那老師只是低頭不語。

「在上海也可以革命，也可以鍛鍊嘛！再說她是老大，弟弟妹妹都小，她不能走。等她弟弟到了十八歲，我自己送到鄉下去。」也許精神準備過了頭，她說話就像吵架一樣。

工宣隊師傅和老師相視了一眼，說不出話來了，轉臉對著文耀說：「多多的父親是怎麼想的呢？」

文耀摸著下巴，支吾道：「上山下鄉，我支持。不過，多多還小……」

「多多的出身不太好，她思想改造比別人更有必要。」

端麗火了，一下子從板凳上跳起來：「多多的出身不好，是她爺爺的事，就算她父親有責任，也輪不到她孫囡輩。黨的政策不是重在表現嗎？你們今天是來動員的，上山下鄉要自願，就不要用成分壓人。如果你們認爲多多這樣的出身非去不可，你們又何必來動員，馬上把她戶口銷掉好了。」

這一席話說得他們無言以對，端麗自己都覺得痛快，而且奇怪自己居然能義正辭嚴，說出這麼多道理，她興奮得臉都紅了。

他們剛下樓梯，多多就從箱子間衝了出來。剛才一聽媽媽吵起來，她就嚇得躲進了箱子間，關上門，也不怕悶死。多多衝著媽媽說：

「什麼什麼呀！你這樣對待工宣隊，我要倒楣的。」

「倒什麼楣？最最推板就是插隊落戶了，再壞能壞到哪裡去？」

文耀抱著胳膊看著她，搖著頭說：「眞凶啊！怎麼變得這麼凶，像個買小菜阿姨。」

「都是在工場間裡聽來的閒話，」多多嘀咕，「眞野蠻！」

「做人要凶。否則，你爺爺這頂帽子要世世代代壓下去，壓死人的。」

文耀同意了：「這倒也是。」

「那我怎麼辦呢？」多多發愁。

「怎麼辦？在家裡，爸爸媽媽養你！」

來來忽然說：「剛才媽媽一下子站起來，那兩個人嚇得往後一仰。」來來學著，大家都笑了，連多多也止不住笑了。

待了一段日子，多多自己不定心了。說她的同學都走了，常常和端麗鬧。端麗只說：「讓他們走，你還怕沒有地方給你插隊？」也就隨她鬧，不理會。多多從沒見過媽媽這麼有主意，這麼強硬，心裡倒也安定了，太平了許多。整天在家買菜，燒飯，管理弟弟妹妹，她戲稱自己是「小家庭婦女」，「小勞動大姊」。她分擔了媽媽很多勞動，使媽媽在工場間裡工作得很安心，很好，常常受到表揚，每月總可有四十元上下的收入。端麗每月補貼婆婆十五元，充作文影的生活費。

寧波方面早已接上頭，只是介紹的人家總不稱心，直到八月才初步選定了一家。這家姓王，父親是當地的大隊會計，兒子今年二十六歲，比文影大三歲，年齡很合適。文化程度是高中畢業，這點也合適。現在是生產隊會計。姊妹很少，只一個十八歲的妹妹，口舌是非便能少了許多，這也中意。全家商量，又問了文影的意見，對她說只說是結了婚可往南方調，女大終要當嫁。文影也同意了。然後再由端麗給寧波的王家寫信，表示同意見面，同意考慮。

立秋這天，那人來了，由端麗婆婆的一個親戚陪同。小夥子長得不錯，身高體闊，一雙眼睛虎虎有神。頭髮三七開分得很整齊，青年裝的上口袋裡插了三桿鋼筆。正巧是星期天，端麗想方設法弄了一桌小菜待客。

婆婆對小夥子還滿意，公公只輕輕地說了聲「粗胚」，也沒發表不同意見，文耀和端麗自然也不能有意見。只是端麗總有點覺得那人生相不太厚道。文影自己倒挺喜歡，精神好了許多，而話又比往日多了數倍。人家不知道內情，只當是生性如此，活潑而已。只有自己家的人暗暗擔心，怕她發病。而實際上，這終是瞞不過去的，但此時此刻，誰都不那麼想，一門心思地自欺欺人。

中午吃飯了，因爲來客是鄉下人，也就不必講究。公公沒有陪客，倒是多多等三個孩子一本正經地坐去三個座。端麗在廚房裡炒菜上桌，正忙著，忽見三個孩子衝進廚房，把門關上就憋不住地笑了起來。多多笑得眼淚都掉下來了，咪咪摀著肚子蹲在地上。

「發什麼人來瘋！沒有規矩。」端麗斥責道。

「媽媽，那人的吃相眞好玩。」多多忍住笑報告。

「怎麼好玩？」端麗好奇起來。

「就像前世沒有吃過似的。」多多說。

「他一邊吃，一邊眼睛瞪這麼大，在菜碗上看來看去。」來來學著。多多和咪咪又笑癱了，蹲在地上。端麗也笑了，可笑過之後，心裡卻酸酸的，很爲文影難過。

吃過飯，婆婆打發文影去睡覺，對客人抱歉道：「這孩子身體不好，不能太吃力了。」然後，向端麗使了個眼色，端麗會意地把孩子們趕出去。她知道婆婆要和客人正式談判了，自己也識相地走出去帶上門，可婆婆叫道：

「端麗，你也來坐坐吧！」

她走進房間，見婆婆的表情有點張皇，知道她是怯場了，這事少不了又落在自己身上了。端麗心裡也是一陣爲難，不知該怎麼開口才好。她故作鎭靜地泡來兩杯茶，心裡緊張地思忖著。

「阿娘，吃茶。」她把茶端過去。

「噢，嘿，罪過，罪過！」那老太太連聲客氣著。

「弟弟，吃茶。」端麗坐下，聊天似地說，「鄉下年成還好嗎？」

「一個工一元兩角。」小會計報帳道。

「那就很好了。文影插隊那山裡，一個工只值四五角，她又做不了一個工。」

「太窮了，太窮了！」老太太說。

「所以妹妹心裡不開心呀！身體也不好了。心情是很影響身體的。」

「自然，自然。」

「張文影到底生的什麼病？」那年輕人發問了。

端麗和婆婆不由交換了一個眼色，停了一停，端麗說：「她這個病也不算什麼病，只要開心就像沒有病。就怕生氣、傷心，就要發作了。」

「發作起來什麼樣呢？是癲癇嗎？」他刨根問柢。

「不是癲癇，不是癲癇。發起來不過是悶聲不響，或者哭哭，或者笑笑。」

年輕人和老太太交換了一個眼色，不再問了，神色卻黯淡了許多。

端麗扯開了話題：「你們一個大隊多少人家？」

「總有百十來戶。」他敷衍。

「主要種點什麼東西？」

「稻哇。」

氣氛冷了許多。這麼又坐了一會兒，婆婆起身出去找咪咪買點心，端麗也起身去拿熱水瓶來斟茶。當她拿著熱水瓶走到門口，聽屋裡傳來輕輕的說話聲：

「這種病結了婚就會好的。」那老太太在勸小夥子。

「我又不是一帖藥。」小夥子悶悶不樂地說。

「她毛病好了，有你的福享了。張家是什麼人家，你知道？」

「現在還有什麼，不都靠勞動吃飯。」

「你年紀輕，不懂。有句老話道：瘦死的駱駝比馬大……」

端麗的心冰涼冰涼，站在門口愣住了。

「端麗，做啥？」婆婆過來了，奇怪地瞅著她。

「姆媽，你來。」端麗轉過身，不由分說地拉住婆婆的手，走到廚房，關上了門。

「啥事體？端麗。」婆婆莫名其妙。

「這門親算了吧！嫁過去，對誰也不會有好處。」端麗壓低聲音急急地說，「且不說結了婚，妹妹的病不一定能好。那裡雖是姆媽你的老家，可那麼多年不走動，人生地疏，妹妹在那裡舉目無親。萬一婆家再有閒言閒語，只怕她的病只會加重。再說，人家好端端一個小夥子，爲何要到上海來找媳婦，恐怕也有別方面的貪圖。」接著端麗就把剛才聽來的話一一轉述了。

婆婆愣愣的，過了一會兒，眼淚下來了。「前世作孽，前世作孽！」

「姆媽，你聽我一句話，我和文影雖不是親姊妹，但我絕不會爲她壞的。她的病不能再耽誤了，要看病。」端麗懇切地說。

婆婆哭著：「我老了，也有些糊塗了。這事全靠你了。雖說你只是個媳婦，可比我兒子還強，爹爹昨天還誇你呢！」

這次是正式的權力下放。端麗立即行動起來。帶文影去看了病，醫生說需要住院治療，可是病床很緊張，去家等醫院的通知吧！端麗又設法託人找關係。她如今工作了，有了新的社會關係。工場間的阿姨雖粗魯，卻很熱心，熱心中摻了點好奇，因此促進了熱心。七轉八轉，居然和精神病院住院處的護士長聯繫上了。十一月時，終於得了一張床位。

端麗送文影住院去了。

女病房是一間很大的房間，足有二三十個床位，一個個身穿白衣服的病人，坐在各自的床上，神態各異。有的極其冷淡，有的十分粗魯，有的興奮地動個不停，有的懶懶的昏昏欲睡，還有一個像幽靈似的從這頭飄到那頭，從那頭蕩到這頭。文影沉默著，沉默中含著恐懼。她緊緊地依著嫂嫂，像個孩子似的需要保護。端麗攙著她的手，輕聲安慰著，實際上也是安慰著自己。

「這裡倒蠻靜的。好好休息，什麼也別管，下午，我和姆媽就來看你。」

文影聽話地點點頭。

辦好了住院手續，聽護士交代了探病的規章制度，服侍文影換了衣服。白色的，染有幾塊黃色藥漬的病員服罩在文影消瘦的身體上，像套了一只口袋，把人都顯小了。文影好像一下子小了十歲，臉色蒼白，眼神怯怯的，每一轉眸都像是在尋求保護。她又好像突然蒼老了十歲，眼角、額頭有了細細的皺紋。背有些佝僂，走路行動透出遲鈍，蹣跚。

端麗走的時候，讓她躺著別動，可她不聲不響，仍然站起身，默默地跟在嫂嫂身後，走到門邊。端麗回過頭：

「進去吧！」

文影不說話，倚著門，淒楚地看著嫂嫂走下樓梯。在這一瞬間，端麗幾乎對自己的做法動搖了，她懷疑自己是不是錯了。在這裡，她感到每個人都是精神病，而獨獨自己的小姑不是。她了解小姑發病的原委，她認爲小姑的發病是合理的，她是極清醒極正常的。她不該和這些反常的人在一起。她這麼認爲，更加覺得把文影送進去是樁錯誤了。

下午，婆婆去看了文影，回來就哭。以後，每個人去看望回來都唉聲嘆氣的，言語之間，不免有些責備端麗心狠手辣，似乎她把妹妹送入了地獄。端麗壓力很重，而且有些負氣。於是更加覺得對文影有著不可推卸的責任，這責任壓得她很疲倦，很緊張，可卻也使她精神大振。

她從來沒對誰負過什麼責任，自己生下那三個孩子，如果生了病，她只需向奶媽問罪，自己心靈上是沒有一點負擔的。這會兒，卻要爲文影及其全家負責任了，她覺得這是個很沉重的負擔。

她幾乎每天下班跑醫院，看望文影，向醫生詢問情況。多掙點錢爲文影買營養品，她請金花阿姨又找了一個孩子帶。這個孩子，基本上由多多負責。

這當兒，文光回來了，是探親。然而半個月過去了，他又去信續了半個月假。一個月過去了，他又續假。這麼拖了三個月，他乾脆連續假都免了，毫無走的打算。每日裡睡睡懶覺，逛逛馬路。和插隊前一樣，百無聊賴，悶悶不樂，進進出出沒有一點聲響，只多了一個抽菸的習慣。他回來不走，本在端麗意料之中，可暗地裡又總希望他不至於那麼糟糕。這會兒，是真正認定他沒出息，從心裡可憐他又瞧不起他。

這麼過到了七三年，忽然下來一個文件，凡有醫院證明有病的或獨養子女，均可辦理回滬手續。端麗行動起來，到處奔波，為文影辦理病退。她的病已是人所共知的事情，手續辦得十分順利，只是最後還須去一次江西。

「讓二弟去吧！他在家橫豎沒事，並且又是出過門的人，總有數些。」文耀提議。

「我？不行！江西話我聽不懂，如何打交道。」文光很客氣。似乎除他以外，其他人都懂江西話似的。「還是哥哥去。哥哥年齡大，有社會經驗。」

「我要上班呢！」

「請假嘛。你們研究所是事業單位，請事假又不扣工資。」

「扣工資倒好辦了。正因為不扣才要自覺呢！」文耀頓時有了覺悟，「弟弟去嘛！你沒事，譬如去旅遊。」

「我和鄉下人打不來交道，弄不好就把事辦糟了。」

兄弟倆推來推去，婆婆火了：

「反正，這是你們兩個哥哥的事，總不成讓你們六十多歲的爹爹跑到荒山野地去。」

「哥哥去，去嘛算了！」

「弟弟去，弟弟去，弟弟去了！」

端麗又好氣又好笑，看不下去了，說：「看來，只有我去了。」

「你一個女人家，跑外碼頭，能行嗎？」婆婆猶豫著。

端麗苦笑了一下：「事到如今，顧不得許多了。總要有個人去吧！」

最後，還是端麗出馬，去了十天，回來了。帶來了戶口、糧油等關係，還把文影的箱子衣物帶了回來。另外，她把文影沒用完的草紙、肥皂、毛巾、牙膏和不易攜帶的熱水瓶、鋼精鍋、火油爐，在當地處理了。變賣來的錢，正好抵償了來回路費，還剩兩塊三角。

回到家，大家都很歡喜，婆婆告訴她，文影的病情有了好轉，就怕復發。醫生說，再鞏固一段時間便可以出院了。端麗一陣輕鬆，腿卻軟了，不由癱坐下來。一家人驚慌地圍住她，問她怎麼了。她疲倦而幸福地微笑著，噙著眼淚喃喃地說：

「總算一家人平平安安，團團圓圓。」

7

三年的時間，一分一秒地熬過去了，回過頭看看，又好似只有一眨眼工夫。公公婆婆老了一些；端麗轉正了；文影作爲病退知青分在街道幼兒園做老師；來來中學畢業分在隔壁弄堂口小菸紙店站櫃檯；咪咪升了中學；多多終於賴下來，進了街道一爿做洋娃娃的生產組，交了一個男朋友，人品模樣都好，出身工人階級。雖總難免有屈就之感，但想到多多的孩子可不必再戴資產階級帽子，也就心安了。獨有文光、文耀兩兄弟，依然如舊，一個在家裡睡睡懶覺，逛逛馬路，發發呆，不想前也不想後，得過且過；另一個省心省力地捧著國家鐵飯碗，碗裡飯不多也沒少，六十元，倒是一點沒有顯老。

到了一九七六年年底，世道發生了翻天覆地的變化。反映到張家的，首先是知識青年的回滬，文光立即抖擻起來，跑回黑龍江，把戶口辦了回來。然後，政策落實了，退回了抄家物資——實際上只是倖存的一小部分，十年裡停發的定息和工資補發了，存摺還了，三樓的房間啓封了，樓下那兩戶，也受到了房管處的催促。他們趁機向房管處提出條件，當房管處給予滿足時，那條件忽又提高了，水漲船高，不知何時能解決。這是他們改善自己居住條件的最難得的機會，確實不能輕易放過。而張家慘澹十年能有今天，只認爲是天賜洪福，千謝萬謝，心滿意足，並不要求百分之一百的償還。

一家人，個個歡欣鼓舞，公公婆婆像是年輕了幾十年，容光煥發。孫子孫女也是歡天喜地。他們中間除了文耀，都是在最低級的小集體單位，看不到前景，加工資輪不上，找對象也難排上號。如今，就是不工作也能過得舒舒服服，十年的艱辛終於得到了補償。

父親拿到了十年強制儲蓄起來的一大筆錢，豁達地說：「我老了，錢是帶不到棺材裡去的。」他將錢分給了每個子女一份。另外，又給了端麗一份，他說：

「端麗在這十年裡，很辛苦。這個家全靠她撐持著。在文光、文影身上花的心血是不可用錢計算的。」

「爹爹，我不要！」端麗說。這半年來的迅疾變化，使她覺得像在作夢。如今，這一厚沓鈔票放在面前，日光燈下，票面上每一道細巧的花紋都清清楚楚，她才感到眞切。然而，這麼厚的一沓拾元票面的鈔票，又教她有點莫名其妙地害怕，「十年裡兵荒馬亂，我就算是有心也無力，並沒有做什麼。我不能拿這錢。況且孩子都大了，我也有了工作，我們不缺錢用。」

「爹爹既然已經講了，你就不要客氣了。」婆婆說。

端麗還想推辭，卻感覺到文耀在輕輕地踢她的腳，又把話嚥了下去。可心裡卻定了主意，絕不收那錢，她認爲多拿了錢會難做人的。

回到三樓——三樓歸還，他們住上去，公公婆婆獨自住二樓。關上房門，文耀立即就說：

「你的主意眞大，也不和我商量，當場就回脫爹爹的鈔票。」

「是爹爹給我的，當然由我作主。」

「我是你的什麼人啊？是你丈夫，是一家之主，總要聽聽我的意見。」當家難的時候，他引退，如今倒要索回家長的權利了。

「那麼現在我對你講，我不要那錢，要這麼多錢幹嘛？」

「你別發傻好嗎？這錢又不是我們去討來的，有什麼好客氣的？」

「我不想……」

「爲啥不想要？你的那個工作倒可以辭掉了，好好享享福吧！」

「不工作了？」端麗沒想過這個，有點茫然。

「好像你已經工作過幾十年似的。」文耀譏諷地笑道。

端麗發火了：「是沒有幾十年，只有幾年。不過要不是這個工作，把家當光了也過不來。」

「是的是的，」文耀歉疚地說，「你變得多麼厲害呀！過去你那麼溫柔，小鳥依人似的，過馬路都不敢一個人……」

他那惋惜的神氣使得端麗不由地難過起來，她惆悵地喃喃自語道：「我是變了。這麼樣過十年，誰能不變？」

文耀溫存地將端麗一綹夾著銀絲的額髮撩上去：「你太苦了，老了許多。我是個沒用場的人，只有爹爹的錢，可以報答你。」

端麗不響，慢慢轉過臉，對著五斗櫥上的鏡子。很久沒有細細地打量自己，鏡子裡的形象生疏了——頭髮的樣式俗而老氣。眼睛下面不知什麼時候悄悄地垂下了兩個淚囊，嘴角鼻凹又是什麼時候刻下了細而深長的紋路？面頰的皮膚粗了，汗毛孔肆無忌憚地擴張開來，她情不自禁地抬起手撫摸了一下臉龐。這時，她看見了自己的手，皮膚皺縮了，指關節凸出了，手指頭的肉難看地翻過來頂住又平又禿的指甲，指甲周圍，長滿了肉刺。

「我是老了。」她沮喪地垂下手，呆呆地看著鏡子裡那個醜陋而陌生的形象，那確定無疑的正是自己。

文耀走到她身後，撫摸著妻子的頭髮，輕聲說：「別難過。這十年，我們要贖回來。」端麗從鏡子裡端詳著丈夫，她似乎又看到了十多年前那個風流倜儻的丈夫，他瀟灑自如，談吐風趣而機智，渾身洋溢著一種永不消退的活力。她愛他。

當天夜裡，他們就把錢存進了銀行的通宵服務處，讓它毫不耽擱地生利、生息、變本、再生利、生息……可是，工作她沒捨得退。這是不容易爭取來的，再說，天有不測風雲，說不定哪一天……一切都是不可靠的，唯有職業是鐵打的，這是社會主義的優越性。她考慮了一下，決定請病假，工資全扣完了不要緊，只要保留這個職業。這些年的辛苦，她得了輕度的腰椎間盤凸出症。里弄裡的合作醫療，很容易開出病假，只要你自己捨得錢。

她去送病假條時，梁阿姨看都沒看，就爽快地說：「你休息吧！這種生活本不是你做得長遠的。」

也許梁阿姨確有弦外之音，也許只是她自己多心了，端麗漲紅了臉，急忙解釋說：「其實不休息也可以，不過就是想治療得徹底一點。好了之後，我還是要來做的。」

「可以，可以。你啥時候想來就啥時候來。」梁阿姨說。

旁邊的小矮個子阿姨插嘴道：「你也是有福不會享。教我是你，眞不來做這種短命生活，每日裡不歇一口氣地做，也只有一塊六角。」

大塊頭阿姨說：「張家媳婦，想穿點，有鈔票不吃不用，眞是『阿木林』了。」

「靠工場間這點工鈿不會發財的……」

「不不，話不能這樣講。毛病好了我還是要來做的。」端麗紅著臉說，趕緊出來了。走出石庫門，穿出弄堂，到了馬路上，一陣風迎面吹來，她才感覺到背心出了一層汗，襯衫都濕了。她出了一口長氣，往家走去。走到路口，看見金花阿姨迎面走來。

「張家媳婦！」金花阿姨叫她。

「哎，金花阿姨，這一向還好嗎？」

「蠻好！昨日碰到你家先生了，他說你們家要找個阿姨。你們要半日的？全日的？還是光洗衣服或者買小菜的啊？」

端麗忽然窘起來了。這事雖是這幾天家裡商量的，她也覺得有必要找個保姆，可是她堅決不同意請金花阿姨推薦。不知爲什麼，她認爲拜託金花阿姨幫這個忙是極不合適，極不應該的。爲了這，還和文耀吵了嘴，他爲她不服從自己很覺氣憤，很是懷念十幾年前不敢過馬路的端麗。

「我倒認識一個人，五十多歲，人蠻清爽，蠻老實。不過就是臨時戶口，你們要看看人吧？」

「究竟用不用人也還沒說定呢！」端麗支吾著。

「你回去和你家先生商量商量好吧？不要想不穿，有錢就過過愜意日子嘛！」金花阿姨開導她。

「好的，我回去商量商量。過幾天給你回音，讓咪咪到你那裡去。」

「我來，我來。」

「咪咪去，咪咪去。」

她們客氣著，然後分手了。端麗背心上又出了一層汗。

以後的十幾天裡，端麗就跟著文耀一起跑商店：添置家具，買電視機、電冰箱、電風扇，買衣料、衣服、皮鞋，買種種護膚、護髮的面霜，還有染髮水、洗髮精……端麗燙了頭髮。

她坐在理髮店的鏡子前，心別別地跳著，想像不出自己會變成什麼模樣。當頭髮一綹一綹地捲起，放下，做好，吹好，整理完畢以後，她對著鏡子出了好一會兒神。鏡子裡的形象，她既感到陌生，又感到熟悉。她欣慰地發現，自己還沒老到不可收拾的地步。

「蠻好，蠻好！」文耀站在她身後，滿意地說，把她從迷茫中喚醒了。她羞澀地一笑，站了起來，下意識地挺直了腰。無意中瞥見櫥窗裡自己的影子，她很滿意。自我感覺變了，變得十分良好。她想，還可以再好好地生活一番呢！

南京路上，人來人往，十分擁擠。人們像排成隊似地慢慢行走著，絕不可能快步如飛，也無必要快步如飛。在這裡，人們就只是爲了走走，看看，買買東西。這是一條沒有目的地的道路，或者說，這道路的本身就是目的地。端麗走在人群中，耐著性子慢慢挪著，手不能甩，腿不能邁，不覺有些急躁起來，總想快點穿過人群向前走。難免擠著了幾個人，於是人們便都回頭看她，皺眉，撇嘴。

「你幹嘛這麼快？難道去趕火車？」文耀拉住了她。

「這麼慢吞吞，肚腸根都癢了。」她說。

「急什麼！家裡有什麼事，有阿姨在，又不要你回去淘米燒飯。」

「我曉得。不過，我們也沒什麼事呀。」

「沒有事慢慢逛逛玩玩呀！你看，這塊料子很雅致。」

「我穿太嫩氣，多多穿又有點老氣。走吧！」她極力往前走。

「難道非要買才可以看嗎？欣賞欣賞玩玩嘛！」文耀極力挽住她的腳步。

「這皮鞋也挺好，後跟還有點樣子。」

端麗細細瞧了一回，說：「要三十張專用券呢，眞辣手！」

「看看嘛！」

好久好久沒有來南京路了，她感到路上行人比十幾年前多出好幾倍，每個店裡都擠得滿滿騰騰，頭都發昏了。從東走到西，一邊走，一邊不時地需要吃點東西增加動力。這麼走著吃著，就只爲了看看。擠來擠去，好不容易擠到櫃檯跟前，也就爲了更貼近地看看。也許這走、擠、吃的本身就是目的，就是樂趣吧。這太浪費時間和精力了，端麗實惠地想。然而再靜下心來細想想，她如今有的是時間和精力，總要有個出處吧！這樣使用未嘗不可。她想起，過去自己曾經很希望有一天能優閒地走走、逛逛，不要再像趕火車似地往家趕——家裡總有那麼多的雜事在等她：晚飯、髒衣服、慶慶……她又想起，更遠的過去，自己時常在南京路、淮海路逛的，那時候一點不急躁，常常能得到意外的收穫：一雙樣式新穎少見的皮鞋、一塊五分鐘之內便會搶光的衣料。那時候，常常有親戚朋友，或只是擦肩而過的路人，羡慕地看著她，問她：「你這件衣服在哪兒買的？」「現在還能買到嗎？」「這皮鞋不是外面帶進來的吧？」……

「端麗，」文耀在叫她，「這個電視櫃和咱們那套家具很協調，是嗎？」

「嗯，讓我看看。」端麗細細地打量了一下櫥窗裡的電視櫃，乳黃色，水曲柳木料，一排七個抽屜，樣式樸素而華貴。

「喜歡嗎？」

「確實很好，多少錢？喲，一百塊，太貴了。」

「貴什麼？喜歡，就買嘛。咱們也需要個放電視機的東西。」文耀拉著她走進家具店，挑中一個。然後走到付款處，刷刷地點出一百元錢，輕輕巧巧地往小玻璃窗裡一遞。那派頭，那風度，大方而優雅。文耀花起錢來總是很漂亮。端麗滿意地撫摸著電視櫃，心想：今天一下午終究不是白逛的。

以後，她時常出來逛了。偶爾眞能買到一點新鮮的東西，就算買不到什麼，也能了解市面上的商品情況，服裝流行款式，所謂市場情報吧！因此，每一回她都不認爲是白逛的。漸漸的，她開始對走、擠、看的本身也感覺到了樂趣，於是，逛馬路便成了她生活中的一大內容。

這時候，公公的一些工商界老朋友重又走動起來，其中有不少女眷是端麗很要好的小姊妹，社會交際頻繁了。獲得新生之際總要慶賀一番，不知是由誰領的頭，開始走馬燈似地設宴請客，新雅，美心，國際，和平，幾乎每周都要赴宴。第一輪結束，又開始第二輪：結婚宴席；第三輪：生日宴席；第四輪：爲了宴席的宴席……赴宴，請客，又成了端麗生活的一大內容。而這一項又連帶起了第三項——做衣服，做頭髮，修指甲，按摩面部皮膚肌肉。走進工場間，蓬頭垢面都不要緊，而走在栗色的光亮的打蠟地板上，坐在杯盤碗盞閃閃發亮的餐桌前，便要有個同樣發光閃亮的外表。工場間裡要的是產品，這裡要的卻是文雅的態度，好的吃相，入時的衣裝。大家都在互相打量，暗中比較。

這三項，使得她的生活豐滿了，忙碌了。端麗感到自己青春勃發、精力旺盛，她覺得自己確能夠再好好生活一番。她不僅想到自己，還想到孩子們，這十年裡，他們跟著父母受了很多委屈，應該好好地補償孩子。她決定給三個孩子各買一塊進口錶。咪咪還小，暫不買。等她中學畢業了再買，那時興許又有更好的進口來呢。多多三天之內便打聽到了錶的一切行情，買了一塊瑞士羅馬女錶。來來卻不大熱心，只顧忙著功課，準備考大學。七七年落第了，決定再考一次。端麗催他：

「明天禮拜，跟爸爸一起上南京路走走，看有沒有你喜歡的錶。」

「明天我要溫課，不行！」他一口回絕。

「那麼讓爸爸作主買了。好嗎？」

「隨便！」

「英納格，好嗎？」

「隨便。」

「歐米迦，好嗎？」

「隨便。」

端麗不高興了：「你怎麼這樣隨便？」

「是隨便嘛！戴什麼錶不一樣？要緊的是考上大學。」他埋下頭，不再搭理媽媽。

端麗默默地看著來來，這孩子如今變得又瘦又高，跟小時候完全不一樣了。對吃食的熱心轉移到了學習上面，但仍然是那麼一副急齁齁、飢不可待的神氣。每天在小菸紙店站了八小時櫃檯，晚上還要用功到十一二點。端麗讓他請半天病假溫習功課，不要開夜車了，錯過子夜覺是極傷身體的。來來聽從了，請了半天假，卻比平日更加拚命。端麗以爲還不如上班輕鬆呢！站櫃檯雖然是「站」，但毋需用腦子。因此也不再勸他請假了。

「何苦呢！」端麗自言自語，「『文化大革命』苦了十年，現在還不享點福，自己和自己過不去。」

「媽媽，你眞是！」來來不耐煩地抬起頭，「『文化大革命』，我們這種人，拚死了也上不了大學，現在好不容易一律對待擇優錄取，你又來煩。」

「大學，大學有什麼意思？媽媽正正式式大學畢業，又怎麼樣？『文化大革命』當中，給人當保姆，工場間當學徒，什麼沒幹過？我想來想去也想穿了，只要有鈔票，什麼都有了。」端麗想起這些年身無分文的窘迫，她想起爲了掙每一分錢所付出的辛苦和委屈，眼圈紅了。

十年的苦難，留給每個人的經驗都是很不一樣的，而在一個人的每一個時期也都是很不一樣的。這會兒，端麗從這十年的體驗中吸取的只是一種實惠精神。她決心好好生活，像文耀所說的，贖回十年。她以爲那十年是白過了。

8

端麗一個月一個月地開病假，但她自己不再親自送去，總打發咪咪或者阿姨送去。有一次，阿姨帶來了梁阿姨的一張條。梁阿姨說：現在待業青年很多，又有從外地回滬的青年要安排，工場間人手很夠了。她身體實在不行，可以把工作退掉。如同意，讓阿姨過去講一聲就行了。阿姨是剛從揚州鄉下來的，很老實，規規矩矩站在一邊等端麗回話。端麗笑笑說：「等會兒再說吧！」把阿姨打發走，準備等文耀回來再商量。可文耀回來時，帶了一架日本索尼的四喇叭收錄機，全家歡騰，多多爲了鄧麗君，來來爲了英語，咪咪既爲鄧麗君，也爲英語，心中尙有個不好意思說出口的所爲，則是爲聽聽自己說話的聲音。這孩子不知怎麼，土頭土腦的，姊姊叫她「阿鄉」。給她做一件衣服，她疊好收起來不捨得穿，讓她一個人出去吃點心，她只吃一碗陽春麵。端麗也高興，是爲了家用電器的日益齊全。大家商量著如何安置這個四喇叭，端麗便把要同文耀商量的事忘了。第二天想起時，又覺得這不是什麼大事，毋需這麼認眞。隨他們去，將她除名，無所謂；給她留職，也無所謂。

家裡事很多，都在爲文影的婚姻問題忙。如今，有了一份數量可觀的陪嫁的文影，已不乏追求者了，輪到文影挑挑揀揀。文影對自己的估價很高，卻沒想到自己年近三十，再如何保養，也要見出點老氣。再加上前幾年生的那場病，服的藥似有些副作用，據說都含有一些激素的成分。她過早地發胖了，體形不再像過去那樣秀氣苗條，顯出了蠢笨。因而造成了「高不成，低不就」的局面。前幾天，端麗的一個小姊妹又爲文影介紹了一個對象，男方是在某科研單位工作，長相很體面，魁梧，健壯，又很斯文，家裡也是頗有些底子的。文影很歡喜，可那男的態度卻不甚明朗。往來幾次後，還是斷了。文影很不開心，似有些要犯病的樣子，家裡人極擔心，想盡一切辦法讓她散心，姆媽陪她去了一次蘇州。回來後精神好了點，端麗趁機勸她：「妹妹，你快三十歲了，不要拖得太久了。」

「我也不想拖，可總要找個稱心如意的。」

「當然。但眼光稍稍放平一些，要實事求是。」

「什麼叫實事求是？我的要求並不過高，對男的條件總要對得起我自己才行。」

「那自然。不過，身外的條件究竟是次要的，主要是看人品。」

「人要好，條件也要好。」

「條件不是主要的，還是要感情好。」端麗想起文影曾經過的愛情波折，她應該懂得勢利眼的可惡。怎麼還如此看不破，實在是白白地病了一場。可端麗卻忘了多多——她讓多多與那位工人出身的男朋友斷了關係，她對多多說：「憑你現在的條件，可以隨你挑，隨你揀。」果然，多多找到了個極好的——父母均在國外，早晚要出去接受遺產。

「條件爲什麼不重要？」文影說，異樣地盯著端麗的眼睛，「你當初不也是看我哥哥有錢才嫁過來的？」

端麗的臉刷地紅了：「妹妹，你可不要這樣說話。我跟你哥哥享了福，可也受了苦。『文化大革命』……」

「爹爹不是補償你了？給了你那麼多，我這個親生囡也不過只比你多一半。」文影刻薄地說。

端麗臉白了，嘴唇動了動，卻沒說出話來。她站起來轉身就走了。回到家裡，她不由得哆嗦了起來。原來小姑這麼在看待自己。當然，她和小姑的這類糾紛，在「文化大革命」之前常常發生，雖沒有這麼粗魯地面對面拌嘴，可私下卻沒少生氣。可這會兒，她感到不習慣，無言以對，不知道該怎麼辯駁小姑。她一整天都憋著氣，胸口起伏著，焦灼地等待文耀回來，好向他傾訴這一切。然而她等不及了，等多多下班回來，統統告訴了多多。多多是任性慣了的，一聽氣得火冒三丈，一定要找小娘娘去講清楚。端麗說過之後，氣平了不少，倒反勸起女兒來：「算了算了，不和她一般見識。」多多不想算，找著機會把話說給娘娘聽。

早上多多去上班，走到二樓文影門前，端麗趴在樓梯上囑咐了一句：「騎車子小心。」多多新買了一輛台灣小輪子車，進進出出，哪怕只一百米距離也要以車代步，弄得端麗好不提心吊膽。

多多聽了媽媽的話，站住腳，大聲說：「媽媽，你又要多管閒事，管了也不會落好的！要是你不管，人家現在做鄉下媳婦，多少有勁！」

文影在屋裡隔著門說：「閒事不是白管的，有報酬，何樂而不爲。」

於是一句來，一句去，沒完沒了了。

這樣的摩擦越來越多，連端麗都覺得無聊了，可又無力解脫，心情十分不好。文影也忒氣人，嫂嫂或是多多，每買一件東西，她知道了都要鬧，鬧過之後，總要得到一件同樣的或不同樣的東西才能解氣。而每回她向父母要東西要不著，也必定遷怒到嫂嫂身上，用嫂嫂得到的那份額外的財產壓父母。她越來越難伺候，越來越難滿足，婆婆一個人都對付不了了。而端麗認定了，不再去管閒事，一句嘴不插，只是心裡奇怪：文影為何不與插隊落戶那情那景比較比較，總該有一番憶苦思甜吧！當她責備著小姑時，卻絲毫沒想起自己，實也應該好好地「憶苦思甜」一番。她都把那十年忘了，那不堪回首的十年沒有了。有時候，端麗常常會感到一種突如其來的悵惘，但她從不追究那悵惘從何而來。

面對著這矛盾，各人的態度均不相同。公公罵文影忘恩負義；婆婆責備端麗得了便宜還不肯讓人；文耀很樂觀，認為這是過渡時期的矛盾，等妹妹出了嫁便會解決；文光很淡泊，認定這是有閒階級無聊生活的反映。看見嫂嫂為此煩惱，便勸說道：

「何必！這都是吃飽了飯撐的。生活沒有意義，各自為自己的精神尋找寄託。」

「你又有什麼寄託呢？」端麗沒好氣地頂他。

「沒有什麼。每天上下班，做滿八小時，月初領工資。一切都不用費心，一切都是現成。我們只需吃了做，做了吃。」

「你也不一樣地無聊！」

「當然，所以我想著，把工作退了。」

端麗點點頭笑道：「是啊，吃飽飯了，又要想出花樣來了。」

「爹爹給我的錢，足夠做本錢了。現在政府不是鼓勵個體經濟嗎？我想開個西餐廳。」

「發瘋！」端麗想到他連炒雞蛋都不會。

「我是覺著自己要發瘋了。我們活著，就只爲了活著。我們對誰都沒有責任。」文光忽然變得憂鬱起來。

端麗緩緩地勸他：「你能有今天，很不容易，要知足了。」

「是的，」他悶悶地說，「省心，又省力。吃了做，做了吃，平行的循環，而生活應該是上升的螺旋。」

端麗不理他了，只是搖頭。

「嫂嫂，那年我去黑龍江，你陪我去買東西，還記得嗎？」

「記得。」

「路上，你對我說的話，我這會兒感到很有哲理。」

她嚇了一跳：「請你不要尋我的開心。」

「不不，是眞的。我問你，人爲什麼要活著。你說：吃，穿！當時我覺得庸俗，可現在我想透了。就是爲了吃，穿。我們勞動是爲了吃穿得更好；更好地吃穿，是爲了更努力地勞動，使吃和穿進一步。人類世界不就是這麼發展的？」

「你想的總是很好。」端麗肯定他。

「所以我想，不要那鐵飯碗，自己創造新大陸。」

端麗仔細地看看他，搖了搖頭：「我勸你就這麼想想說說算了，千萬別動手去做，你做總是做不到底的。」

「何以見得？」文光不服氣。

「你和爹爹劃清界線，沒劃到底；去黑龍江建設邊疆，也沒建到底。」

「那時太幼稚，現在成熟了。」

端麗還是搖頭。

「你等著看。」文光說。

等了不少日子，端麗見他並無什麼動靜，每天上下班，不高興了就請半天病假，躺在床上捧著一大堆雜誌看小說。如今文學刊物如雨後春筍，層出不窮，任他怎麼看也看不完的。那開西餐館的念頭也許已自生自滅了，或許，這正是他成熟的標誌。端麗心中暗暗好笑，但在內心對他倒有了一點好感，覺得這些年他畢竟有過一些思考，因此也有了一些長進，儘管只停留在口頭，但總比連口頭的長進也沒的人強些。她想起了小姑，她這十年的長進，不過是從小姐脾氣發展成了老小姐脾氣，越發難弄。看到多多和她的男朋友走進走出，都要說幾句閒話。多多完全能意識到自己的優越，索性不理小娘娘，不屑於和她拌嘴。她覺得自己遲早要離開家，有一種臨時觀點，經常遲到，早退，曠工。端麗看不過去，有時說她：「你不去也要請個假，病假還是事假，總要有個說法。我在路上碰到你同事都不好意思說話了。」

多多噎媽媽：「你自己不也不去上班？讓他們把我開除好了。」

端麗氣得說不出話來，發現多多的脾氣和十年前一樣地壞了，嬌縱，任性，貪玩，愛打扮。她忽然十分想念「文化大革命」中那個下鄉回來、皮膚黑黝黝，叫她「親愛的媽媽」的多多。她嘆了一口氣，心想，這十年家裡苦雖苦，感情上卻還是有所得的。熬出頭來了，該吸取一些什麼經驗教訓吧！生活難道就只是完完全全的恢復？

生活在恢復，連更早一點的交誼舞會都恢復了。雖然沒有舞廳，可是大學裡，工廠裡，機關裡，甚至自己家裡，都開起了舞會。文耀常常帶著端麗和孩子去朋友家跳舞，有時在自己家裡開。來來的複習迎考到了最緊張關鍵的階段，他從不參加。咪咪只是坐在旁邊看，土裡土氣地傻笑。她眞土，居然還紮著兩根牛角辮，穿著黑布鞋。新衣服，皮鞋，她總不穿，好好地收著。多多警告她：「再不穿，式樣就要過時了，想穿也穿不出去了。」她仍不穿，有點鄉下人的派頭，小家子氣。

多多很快就學會了跳舞，但總有一些變異，肩膀，腰，隨著節奏扭著，並覺得古典的交誼舞已滿足不了，年輕人都去學新式的扭擺舞。端麗這一輩人是不欣賞的。端麗的舞姿是最最古典，最最標準的，含蓄、優雅，有點懶懶的，卻又是輕盈的。當她隨著圓舞曲旋轉時，會忘了自己四十多歲的年齡，她以爲回到了大學生的舞會上，她和文耀這一對，總是舞會中心的漩渦。

每一個舞會，都是欲罷不能，直到深夜、凌晨才能結束。人的興奮有著慣性，當這慣性終於消失，隨之即來的卻是寂寥，這寂寥使人疲倦，疲倦得煩躁。端麗懼怕這種寂寥，因此總不願舞會結束，而拖延得越久，則越感到寂寥，疲倦感也越發強烈。弄到後來，她簡直怕聽到人家邀請她參加舞會了。她既抵不住舞會的吸引力，又抵不住跳畢之後的寂寥和倦怠。眞不知如何是好。

自從有了舞會以後，端麗養成了晚睡晚起的習慣，準確地應該說是恢復了這習慣，在「文化大革命」之前，她都是這麼著的。十點鐘才起床，喝一杯咖啡，兩片夾心餅乾當早餐。也不換衣服，只穿著睡衣在屋子裡走來走去。她最怕這時候來客人了，於是感到房間不夠用，就去找婆婆商量：

「姆媽，『四人幫』打倒有兩年了，我們再去催催房管處，把樓下的房間要回來，可以作客餐廳。現在，爹爹、文耀的朋友都來往起來了，沒個客餐廳不方便啊！」

「這幾天，你公公也在叨咕這樁事，不曉得能不能要回來呢，下面人家不知足得很，條件提得越來越高。也不想想過去住的是草棚棚。」

「去催總比不催好吧！」

公公又去催了幾次，房管處迫不得已，加緊與樓下兩家談判，過了一個月，總算談妥，樓下人家要搬了。

端麗想起阿毛娘對自己的種種好處，心裡倒有點過意不去，買了一只蛋糕，表示恭賀喬遷之喜。阿毛娘不接蛋糕，眼睛望著別處，冷冷地說：

「還是老闆有錢，住洋房，工人窮得響叮噹啊。」

端麗不知說什麼才好，站了一會，把蛋糕放在已搬上卡車的一張小桌子上，上樓了。她站在三樓窗前，默默地看著一筐筐煤餅，劈柴，一件件破爛的家什搬上卡車，最後，卡車「嘟」的一聲，走了。

她走下樓，推進門去。房間很乾淨，地板拖得發白了，牆壁用石灰刷得慘白，牆上還留著一張新崛起的電影明星的照片。他們盡自己所能保護這房子，裝飾這房子。她想起，阿毛娘說過：他們從沒住過這麼好的房子。她又想起，當咪咪聽說他們原先住草棚子，老氣橫秋地說：「作孽！」這時，端麗心中升起一絲歉意，她想，他們現在搬到哪兒去了呢？但願不再是棚戶區。

不幾天，房管處來人將兩間房間打通，恢復原樣。牆壁糊了貼牆布，地板打上了蠟。沙發買來了，三人的，雙人的，單人的；茶几買來了，寬的，窄的，長條的；立燈，窗幔……都買來了。客餐廳重新建設起來了。

現在，「文化大革命」以前的一切，都恢復了。

當端麗重新習慣了這一切的時候，她的新生感卻慢慢兒地消失盡了。她不再感到重新開始生活的幸福。這一切都給了她一種陳舊感，有時她恍惚覺得退回了十幾年，可鏡子裡的自己卻分明老了許多，於是，她惆悵，她憂鬱。這是一種十分奇怪的感覺，她自己都沒有意識清楚，也不知道這感覺從什麼時候開始的。

她覺著百無聊賴：宴會，吃膩了；舞，跳累了；逛馬路，夠了；買東西，煩了。她想幹點什麼，卻沒什麼可幹的。這會兒，她倒開始羨慕文光。文光看小說看入了迷，居然學著動手做起小說來。他將他沒有勇氣實踐的一切都交給小說中的人物去完成。這些東西居然發表了一二篇，還收到幾個傻裡傻氣的中學生的來信。他越加起勁了，請了長假在家裡寫作。多少年來苦惱著他的問題解決了。經過這麼些折騰，他總算爲自己找到了一點事情做，這是一樁非常適合他的事情。他不再感到空虛，不再悲哀了。開始，端麗認爲他是迴避，可後來也服氣了，他畢竟還能想出來，並能寫下來，這也是不容易的。她讀過他的小說，那只是一片透明的幻想，倒也給人一種安慰。端麗也很想找點事來做做，她太無聊了，無聊得煩悶。

在這煩悶的日子裡，來來的大學錄取通知來了，是全國第一流的重點大學。來來捧著通知的手直顫抖，半晌也沒平靜下來。其他人的高興都很適當，不過分。張家並不缺少大學生，只要沒有意外事故，每個人基本上都能受到大學程度的教育。到了八月底，來來要報到住校，端麗爲他收拾行李。買蚊帳，買床單，買箱子，買臥式的錄音機，一眨眼，三百元錢就出手了。她不由想起在那動亂的日子裡，爲文影、文光整理的兩份行裝。那時眞難啊！多多把一分一分從嘴裡挖出來的錢都奉獻了。想起這些，端麗疲倦地坐了下來。光是想想，也吃力，也後怕。當時自己是多麼能幹，多麼有力量。那個能幹的女人這會兒到哪兒去了呢？而且，究竟那個能幹的女人是不是自己呢？她恍恍惚惚的，心裡充滿了一種迷失的感覺。她像一個負重的人突然從肩上卸下了負荷，輕鬆極了，輕鬆得能飄起來，輕鬆得失重了。

人生輕鬆過了頭反會沉重起來；生活容易過了頭又會艱難起來。

來來歡天喜地地去了學校，多多歡天喜地地出了嫁，家裡更加冷清了。文耀見端麗悶悶不樂，以為家裡客人多，送往迎來地太累了，便提議趁國慶三天假去杭州玩玩。端麗也以為自己是累了，想出去散散心，或許情緒能好轉。她同意了，並建議帶咪咪一起去。

「人家都說咪咪小家子氣重得很，怪我們不帶她出去見世面。」

「這孩子命苦，一生下來不久就碰上『文化大革命』，該讓她多享點福。」文耀也說。

可是咪咪不願意：「我不去，我要複習功課。這次測驗，代數只得了八十分。」咪咪學習很巴結，可是也許學習方式有問題，成績總是平平。端麗可憐她，認為她大可不必費那麼大勁讀書。

「功課回來也有時間複習的。你不是還沒去過杭州？」

「回來又要上新課了。今年升高中要考，代數沒把握考一百分，就沒希望進重點中學高中。」

「進不了就不進，我們不和人家爭。現在家裡好了，不會讓你吃苦的。」端麗說的是真心話，她覺得咪咪和來來不同，她不是個讀書的料，讀起來吃力不討好，何苦拚命呢！她憐惜地撫摸著咪咪的頭髮，「你跟著爸爸媽媽吃了不少苦，現在有條件了，好好玩玩吧！」

咪咪抬起頭，認真地看著媽媽：「媽媽，我們怎麼一下子變得這麼有錢了？」

「爺爺落實政策了嘛！」

「那全都是爺爺的錢？」

「爺爺的錢，就是爸爸的錢……」端麗支吾了。

「是爺爺賺來的？」

「是的，是爺爺賺來的。但是爺爺一個人用不完，將來你如果沒有合適的工作，可以靠這錢過一輩子。」

「不工作，過日子有什麼意思？」咪咪反問道。她從小苦慣了，是眞的不習慣優閒的生活。

端麗說不出話了，愣了一會兒，淡淡地說：「你實在不願去就不去吧。」

「好的！」咪咪解脫了似地重又埋下頭去做功課。端麗走到門口又回過身看了咪咪一眼，她後腦勺上兩根牛角辮衝著天花板，一筆一畫都貫注了十二分的興趣和認眞，她從來就是這樣，幹每件事都很認眞。很仔細，很有興味。她喜歡做事情，端麗無論讓她幹什麼，她都歡天喜地，似乎這些瑣事有著無窮的趣味。有一次，端麗讓她排隊買西瓜，隊伍很長，太陽很辣，兩小時之後，端麗才去換她。她汗流滿面，卻興致勃勃，看到媽媽高興地說：「只有九十八個人了。」九十八個人仍是一列很長的隊伍，但總是在慢慢地縮短，接近目的地了。咪咪從小習慣的是在日頭下，流著汗，一小步一小步地接近目標，獲得果實。這十年的艱苦歲月，在咪咪身上留下了不可磨滅的烙印。歲月，畢竟不會煙消雲滅，逝去得那麼徹底，總要留下一點什麼。要想完完全全恢復到「文化大革命」以前那情那景，是不可能的。端麗心裡湧上一股說不出的滋味：好像是安慰，又好像是悲哀，她對杭州之行的興趣淡漠了許多。

在杭州的三天，還是愉快的。跟著旅遊車，凡事不用操心，可以盡興地玩樂。三天之後，旅遊車返回上海，車上那幾對新婚夫婦，隨之感嘆：

「好了，再會了，杭州。明天又要上班了，唉！」他們嘆著氣，但那表情卻並不悲哀。端麗不由地羨慕起他們來。他們回去了還有事幹，儘管也許是極苦極髒極費力的事。自己確不用辛苦，沒有什麼事等著她，她可以自由地安排時間，想幹什麼幹什麼。然而，幹什麼呢？她沉默地望著越來越遠的西湖，心裡空落落的。

「是呀，明天要上班了。」文耀也說，「你看，還是你愜意。」

端麗惱怒地看了他一眼，她以爲他是在嘲笑她，氣她。過後又覺得自己可笑，神經過敏。然而一想，自己難道已經無聊得有點神經質了嗎？不覺又害怕起來，極力使自己愉快。她試圖輕鬆起來：

「過年，我們到寧波去玩吧！」

「對了！寧波的小鎮很有風味，還可以從普陀山繞道去燒灶香。」文耀對遊玩的路線總是十分明確。

前後左右幾個小青年把腦袋靠攏過來聽著。

「普陀山是佛教勝地，據說現在又修復了，每日裡，朝山進香的人絡繹不絕……」

一個新郎官說：「我們也去。」

他的小愛人，一個很清秀的女孩子白了他一眼：「啥地方來這麼多鈔票？」

「加幾個班，不缺勤，年終獎金肯定夠去一次。」

新上任的小主婦認眞地核算了一下，點頭批准了：「這倒是夠了。」

端麗又悲涼起來，她老是羨慕人家，使得自己心情越來越糟。

到家了，一進門，阿姨就告訴她，工場間梁阿姨來過了，討她的回話，請她無論如何要在這個星期決定了。

「阿姨，去燒洗澡水吧！」文耀吩咐，轉頭對妻子說，「退了吧，爽氣點。」

「退了，」端麗愣愣地看著丈夫，「就沒有工作了。」

「沒有就沒有，不就幾十塊錢嗎？」

「這倒不光是爲了錢。」端麗說。

「不爲錢是爲什麼？」文耀脫外套，換拖鞋。

「要是再來一次『文化大革命』呢？」

文耀笑了起來：「要再來就亡黨亡國了。」

「這倒是。」

「『文化大革命』已經過去了，徹底過去了，再也不會有了。」

「是過去了。」端麗同意，可是她卻想，要眞是這麼一無痕跡，一無所得地過去，則是一樁極不合算的事。難道這十年的苦，就這麼白白地吃了？總該留給人們一些什麼吧！難道，我們這些大人，還不如咪咪嗎？

「你不要心有餘悸了。」

「先生，水開了，浴缸也擦了。」阿姨說。

「好，好。」文耀答應著，「哎，阿姨，你去工場間，講一聲……」

「不！」端麗叫了一聲。

「怎麼？你還要去工作？有福不享。」

「你不要管我。」端麗心煩地說，「我自己的事自己解決。」

「你主意也太大了，什麼都是你說了算！」

「過去我倒蠻想聽聽你的主意的，可你有過什麼主意嗎？」

文耀真地惱了：「好了，不要吵了。阿姨你去講，歐陽端麗明天就去上班。」

「阿姨，我自己去講。」端麗說。心裡卻有一點發虛，真要她明天就去上班，她能去嗎？那陰冷的石庫門房子，慘白的日光燈，繞不完的線圈，粗俗的談吐，輕薄的玩笑，阿興流著口涎的微笑……她軟弱地又說了一聲：「明天我自己去講。」

晚上，她睡不著，一個人坐在客廳前的小花園裡，望著天上幽遠的星星出神。秋夜的天空又高遠又寧靜，給人一種空明的心境。

「嫂嫂。」有人叫她。

「哦，是文光，嚇了我一跳。還沒睡？」

「已經躺下了，可腦子裡忽然升上一個念頭，就再也睡不著了。」文光靠著落地窗，抽著菸，菸頭一明一暗。

「是來了靈感？」

「也許。有一個人，終生在尋求生活的意義，直到最後，他才明白，人生的真諦實質是十分簡單，就只是自食其力。」

星星在很高很遠的天上一閃一閃，端麗忽然想哭，她好久沒哭了，生活裡盡是好事，高興的事，用不著眼淚。

「用自己的力量，將生命的小船渡到彼岸……」

眼淚沿著細巧的鼻梁流入嘴中，鹹而且苦澀。她好久沒嘗過這滋味了，她如今什麼味也嘗不到。

「這一路上風風雨雨，坎坎坷坷，他嘗到的一切甜酸苦辣，便是人生的滋味……」

「你說的總是很好，可實際上做起來卻多麼難呵！」端麗在心裡說。

端麗的頭髮濕了，天，開始下露水。夜，深了。丁香花香更加濃郁，客廳裡的大鐘「噹噹噹」打著。時間在過去，悄悄地替換著昨天和明天。它給人們留下了露水，霧，蓓蕾的綻開，或者凋謝。然而，它終究要留給人們一些什麼，它不會白白地流逝。

一九八二年五月九日，徐州

「文革」軼事

趙志國有點鼻酸，他想起了上海，還有上海的亭子間，心裡湧起一股無法言說的痛惜之感，他由衷地對張思葉說：張思葉，你眞是太苦了。原以爲張思葉會哭，不想她卻低頭笑了，好像一個孩子得到了一個大人的誇獎和激賞。她忽然抬起頭，表情認眞地說：趙志國，你眞是太好了！

1

趙志國是那種小弄堂裡的菁英，尤其在七十年代灰溜溜的上海街道上，他帶有一種平地而起的味道。他好像突然出現似的，以他一米八十三的身高，騎一輛三飛的自行車，疾駛而過。他的髮型是那種經過革命而顯得含蓄的「飛機頭」，隱約透露出上一個時代的摩登氣息。他的臉形有點像美國好萊塢明星馬龍·白蘭度，也是含蓄化了的。當他走在工宣隊的行列裡，進駐到上海一所師範學院時，張思葉便對工人階級的面貌增添了新的看法。其實，在那個年代，上海這城市，「青工」這字眼往往意謂著一種現代的現象。他們年紀輕輕的，就有了薪水；他們頭一年買自行車，第二年買手錶；他們的衣著，是這城市裡最時新的；他們的口頭禪也在這城市裡蔓延流行。這和我們從馬列教科書上讀到的無產階級形象相去甚遠。但是從另一些方面來說，「青工」又是個俗氣的字眼，它是考不上大學，沒有受教育的代名詞；它還是胸無大志，目光短淺的代名詞。這兩種看法，很像是資產階級民主革命時期，不同階級對新生市民的不同觀念。張思葉是屬於後一種觀念的階級的，她以前作夢也不會想到，會去和一個青工有什麼瓜葛，這也是時代做成的一樁好事。

張思葉能和趙志國做成這一樁好事，全是鑽了這時代的空子。這時代是一個什麼都不講究，什麼都不計較的時代。這城市也是一個什麼都不講究，什麼都不計較的城市。資產階級革命和無產階級革命相繼破除了許多清規戒律，為張思葉和趙志國鋪平了道路。因此，此時此地，他倆的事情並沒有引起什麼轟動，要說有那麼一點，也不過是這亂烘烘的世道再添上一宗亂罷了。作爲面臨畢業分配何去何從的張思葉，和青工趙志國結婚，無疑地就在留上海的可能性上押了一塊籌碼。同時，工人階級趙志國，還爲資產階級出身的張思葉，撐開了一頂保護傘。而趙志國呢，人們也並不以爲他是吃了什麼虧，或者說是喪失了立場。像張思葉這種家庭，在這城市的市民心目中，總有著「百足之蟲，死而不僵」的想像。他們又大都有著通達的世界觀，認爲「六十年風水輪流轉」，別看張思葉家現在倒楣，說不定日後會有崛起的一天。因此，人們還認爲趙志國很有放長線、釣大魚的眼光。總之，人們覺得，趙志國和張思葉是平起平坐，誰也不吃虧，都占了對方便宜，也都讓對方占了便宜，也算是珠聯璧合吧。唯一的遺憾，是張思葉相貌平平，及不上趙志國的一半。看上去，倒像是反過來，趙志國是個資本家的大少爺，張思葉卻是亭子間嫂嫂家的女兒。可話又說回來，漂亮頂什麼用？趙志國再漂亮，他爹爹也是個領月薪的職員，人家張家，卻是吃定息的，雖然這已是舊話了。

趙志國踏進張思葉家中，有點像踏進了大觀園。他不曾想到，在這黯淡無光的時日裡，還藏有著這樣鮮豔活潑的一個世界。這帶有一種後花園的景象，還有一種暖房的景象。這情景將方才走進弄堂走上樓梯的淒涼氣氛一掃而空。這房子是這條大門緊鎖悄無人聲的弄堂裡到底的一幢，夾竹桃在牆頭盛開，青枇杷落滿了地，使趙志國想起一行「門前冷落車馬稀」的通俗的舊句。張思葉是帶他從後門進去的，樓道裡一片漆黑，門上都貼了封條，二樓房門也貼了封條，然後就到了三樓。趙志國永遠忘不了走過樓梯拐彎處亭子間時的情景。張思葉停住腳步，對著敞開的門裡說了聲什麼，便有許多雙眼睛撲面而來，它們一律是緩緩的，盈盈的，舒回慢轉的，都帶了點驚愕的表情，這使它們全有了些孩子氣。然後他便跟張思葉去了她在三層閣上的閨房。

沒有人能像趙志國這樣領會生活的菁華了，無論這菁華是如何深藏不露，他都能一針見血地將它發掘出來。他只一眼，便從張思葉家那些身穿藍布罩衫，梳著齊耳短髮的女人身上看出超凡出眾的氣質。這是一種養尊處優的氣質，雖然經歷了這些年的顛沛流離，卻依然存在，只不過是如受驚的鳥雀，藏進了深處。他從她們的短髮上看出「柏林情話」式的端倪，還從中式罩衫上看出復古的摩登。她們無論年長年幼，都含有一種貴婦的儀態，這儀態不是任何人都能領略的，它們往往是有一種樸拙的表面。她們長得各有差異，可是細部卻一律禁得起推敲。牙齒整齊，皮膚細膩，指甲潤澤，表現出後天的精緻調養。趙志國甚至對張思葉也有了新的看法。張思葉在那亂紛紛的校園裡，實在是被埋沒了。與那些追隨潮流的同學相比，她顯得格外落伍。即使是洞察秋毫的趙志國，也不免為時尚迷住了眼睛。有時候，對某種事物的認識是需要一個激發和喚起的。有的認識過程走的是從個別到一般的道路，有的則反過來，走一條從一般到個別的道路。這一回，趙志國走的就是後一條道路。張家的女人們以集體性的攻勢啓發了他的審美心智，使他對張思葉的認識揭開新的一頁。這一天，趙志國在張思葉的閨房裡，走出了超越邊界的一步。

閨房不是隨便可以去的地方，可是當此亂世，張家早已經紀律鬆懈，錯了規矩。昔日的張老闆在隔離審查；大兒子從寫字間下到車間做三班倒的工人；二兒子已經劃清界線去了內蒙古，家中只剩下女流之輩。她們足不出戶，天天坐在這間充當廚房又充當客堂的亭子間裡，把舊毛衣拆了再織新的，或者把舊衣服拆了再做新的。她們以這種拆東牆補西牆的方式，來為自己變換行頭，並且消磨時間。她們一邊做著女紅，一邊嘰嘰噥噥地說著閒話。她們的閒話有一個名字，那就是：懷舊。她們壓低了聲音，細說往日裡的起居、出行、待客、赴宴，還有娘姨和裁縫。往事好像回到眼前，臉上都浮起迷惘的表情。這種迷惘的表情，使她們中間最年幼的那個，也變得蒼老起來，成了個小女人。趙志國出現在亭子間門前的那個時候，是她們清閒而消沉的午後重要的一刻。她們不由地都感到一股無名的喜悅。她們嘴上沒說什麼，心裡卻有些活躍。兩點半的陽光越過樓頂，蔓延到窗檯上來，玻璃窗將陽光一搖一搖的。她們聽見了麻雀的啁啾。

張思葉很平靜地結束了她的少女時光，她躺在那裡，陽光透過窗帘照著她的臉，麻雀的啁啾也傳進了她的耳朵，她還聽見弄堂口的小學校傳來的眼保健操的音樂。她忽然想起她昨天還在用玻璃絲編織一條金魚，這就像上輩子的事情了，現在金魚就繫在趙志國的鑰匙圈上。趙志國嗅到了樓下夾竹桃的氣息，這氣息有一股叫人心灰意懶的味道。他從窗帘縫裡看見了這條弄堂的樓頂，他想，怎麼會是這樣寂無聲息？在這樣的午後，有許多至關重要的大事情草率而平淡地決定了，這些午後似乎專門是爲了最後的憑弔而存在著。這些午後幾乎面目劃一，亙古不變，它們永遠駐守在我們的回憶之中，製造出深入骨髓的孤獨，散布惆悵的空氣。

2

後來，趙志國和張思葉也參加了亭子間裡的聚會。張思葉來到亭子間不免帶有屈尊的表情，還有恩賜的味道。她看出大家對趙志國有好感，趙志國給家中帶來新鮮的空氣。和趙志國的婚姻是她在這個受盡損失的時代裡唯一的收穫，在她這個盡是損失而一無所獲的家庭中，就覺著自己是擁有了一筆財富。這種富足的心情使她變得寬容和隨和。她也看出趙志國對亭子間裡聚會並不反感，甚至有些喜歡，所以去亭子間也是爲了教趙志國高興。張思葉是那種將自己缺點看得過重的生性謙遜的姑娘，她因自己相貌平常而抱愧於趙志國。趙志國是那樣英俊瀟灑，眞是教她看也看不夠，她覺得自己掠取了不義之財似的。所以，她對趙志國便格外地細心，看他的眉眼行事，把自己的歡喜全都寄託在趙志國的歡喜上面。當他們從三層閣走下亭子間的時候，受到了由衷的熱情歡迎，這是性情孤僻爲家人疏遠的張思葉始料未及。她體味到親情的溫暖，她往日裡看不順眼的嫂嫂、妹妹，還有侄女兒，這會兒都顯得可愛起來，她想她以前爲什麼沒發現呢？

他們初次與大家在一起，雙方還都有些拘謹，彼此都有些不好意思，客人似的。他們互相不摸底，不知該如何對待，便又平添一層緊張的心情。趙志國平日裡其實是個能言善辯的人，此時此地他卻分外小心，生怕出言俚俗，教張家的女人們看輕。他面對滿屋子的大小女人，臉上保持鎮靜，心裡卻忐忑不安。他覺得自己就好像面對了一個階級陣營似的，這眞是一場階級鬥爭啊！想到這裡，他一貫的調侃的笑容便浮上了嘴角。他的笑容使大家情不自禁地鬆了一口氣。就在這時，趙志國已經察覺到她們內心同樣地局促不安。他的心放下了，自信又一點一點回來了。像趙志國這樣的人，最怕的就是喪失自信，有了自信就什麼都有了，沒了自信，就什麼都沒有了。自信就像是他們的立命之本。而正因爲此，他們的自信就格外地容易受損傷，好像是超重負荷的結果。還因爲此，他們有時候必須虛張聲勢，做出格外傲慢的樣子，其實內心裡空虛得很。這種做法，在某種情形下，卓見成效。比如對於張思葉就是這樣，她幾乎是對趙志國懷了感恩的心情，這又反過來穩定和充實了他的自信。弄到頭來，他這種虛僞的自信就漸漸變成眞的了。

趙志國用一則車間裡流傳的笑話吸引了她們的心。這種笑話她們聞所未聞，她們有限的社會經驗使她們辨別不出其中猥褻的成分。她們個個都驚訝得不得了，覺得這眞是天上人間頭一個精采故事。她們對趙志國的口述能力也表示出由衷的欣賞，她們簡直被他迷住了。趙志國也感到了驚訝，想她們對這粗鄙故事渾然不覺，欣然接受，如不是身經百煉，便是眞正的天眞無邪了。他暗中對她們生出嘲弄的心思，又覺得不忍，玷污了她們似的。然而要征服她們的願望是那麼強烈，他刹不住車了，又講了一個車間笑話。這一回，氣氛是眞正活躍起來，她們幾乎放聲大笑，趙志國卻不動聲色。第三回，他講了一個好萊塢的電影：《魂斷藍橋》。亭子間裡靜了下來，暮色漸漸來臨，這是午後將盡未盡的溫馨的一刻，它令人想要縮起身子，自憐自愛一番。《魂斷藍橋》在七十年代初是一個末及陳舊的夢，好萊塢在這城市還是一個特徵，代表了一段欲說還休的往事，趙志國趕上了這段往事的一個尾巴。這城市爲美國電影風靡的時候，他僅只是一個男孩，對《魂斷藍橋》的眞正領略其實是在大人的追念之中，還有那些燦爛明星的餘光照耀。對那個時代他只有著朦朧的記憶，不等他這一個戀慕浮華的男孩長大成人，一切場景就都一去不返。在他心裡，其實始終有一種溫婉的傷感，這爲他增添幾分貴族的情調，彌補了受教育不足的缺陷。《魂斷藍橋》這故事與這一個暮色將臨的時分格外地相親相近，和女人們的心境也相親相近。它有點像從箱底抖出的一件只穿過一回的繡花嫁衣，帶了脂粉的香味和樟腦的氣息，溫存而哀婉。

大嫂嫂胡迪菁被打動了心，她不由回想起她的少女時代。那時候，她是一個中學生，提著花布的書包，穿陰丹士林藍旗袍。她們上課前就約好了，下課後去看電影。她們還買來赫本、費雯麗的照片，夾在書本裡。她們正是那種作夢的年紀，好萊塢電影爲她們提供了最好的摹本，還爲她們提供了明星風範的摹本。她們一個個都出落得風姿綽約，儀態萬方。她們從街上走過，那些洋行裡供職的年輕人便都停住腳步行注目禮。她們嘴上不說，心裡都作過明星夢，明星生涯在她們看來猶如天上人間。胡迪菁就是這樣從一個小家碧玉成長爲大家閨秀。這城市有許多小家碧玉這樣地成爲大家閨秀，好萊塢是不可或缺的課程。胡迪菁她有時回娘家，走在彎彎曲曲的弄堂，過街樓上的濕衣衫滴下冰涼的水珠。胡迪菁忽然會有一種夢醒時分的悲哀，她想：人生多麼像一場夢啊！這天午後，當趙志國開始講述車間笑話的時候，胡迪菁有一剎那好像故地重回，又走在了過街樓下的彎長里巷之間，滿耳噪聲。趙志國的笑話她都明白，心裡暗暗驚訝，他看上去像一個大少爺，骨子裡卻原來是個下等人啊！她爲張思葉委屈，又有點稱心如意的快感。憑她的聰慧和敏感，她一進張家便覺察到了張思葉對她的鄙夷。她想，尊貴的張思葉最終也不過如此。她還想，女人有兩次投胎，一次是出世，二次是出嫁。她第一次沒投好，張思葉則第二次沒投好。等到趙志國開始講述《魂斷藍橋》的時候，胡迪菁又聽出幾個錯處，錯的雖然不多，可只差那麼一點，就背離了好萊塢的精髓。她望了趙志國輪廓鮮明的俊美的臉，發現他有些像馬龍・白蘭度，隨即又想起白蘭度和費雯麗主演的《欲望街車》，心中暗暗一笑。然而，漸漸地，緬懷的氣氛籠罩了她，傷感升起，她不知不覺放棄了冷靜的評價，沉浸到往事之中。

在新婚的日子裡，趙志國和張思葉一個不上班，一個不上學，成天在家，亭子間是每日必到之處。有一次，胡迪菁給亭子間裡的景象取了個名字，叫作「派對」。聽到這個詞，趙志國不由朝胡迪菁看了一眼，他們相視一笑，共同地回想起一些光影綽綽的往事。這些往事是不會再來了，胡迪菁她還親有體驗，趙志國趕上了尾巴，張思葉只瞄著一個背影，挨下去的張思蕊她們，連背影也沒看著。這一天，胡迪菁還對張思蕊說，我們像你這個年紀的時候，是最最快活的了。中學生張思蕊正為畢業後的出路發愁，學校裡傳來的消息一天一個，今天說去墾荒，明天說去戍邊，都是壞消息，沒有好消息。她這話像是說給張思蕊聽，又像是說給趙志國聽，因爲眞正能聽懂這話的人，其實只是趙志國。張思葉和張思蕊都是生於末世的孩子，其餘那些孩子的出生，則連末世都談不上，生生是在亂世了。她們的青春是飽經憂患的青春，還是黯淡無光的青春。上海的繁華和時代的進步與她們似乎已是隔世。張思蕊每天坐在家裡心中其實很煩悶，外面的世界是人家的世界，於她無份。

她每一回去學校都是惴惴不安，每一回都帶回壞消息。她到亭子間裡來，是爲排遣，心裡總是愁腸百結。亭子間裡的女工和閒話日復一日，月復一月，亦將年復一年，這日子何時才了得？趙志國來到家中使張思蕊暫忘心事，他使亭子間的午後面目一新。趙志國是在女中讀書的張思蕊除去兄長而外所接觸到的第一個男性，她甚至在心底深處有些嫉妒姊姊張思葉。張思蕊和所有女中的學生一樣，有著對男性的好奇心。男老師往往會被她們匆匆拿來，當作暗中傾慕的對象，具有男子氣的女同學也會被她們匆匆拿來作傾慕的對象。她們由於平日裡缺少實踐操練，便缺乏與男性相處的技巧和方式，她們一個個都顯得有些過度靦腆或者過度奔放。張思蕊全憑了家裡規矩大，才能做到不失大方，將輕薄收進肚子裡。她看見趙志國，心裡就有些按捺不住的興奮，難免話多，問東問西的，行動也露出了瑣碎。

趙志國到張家，最高興的莫過於那兩個侄女兒，她們一個十二，一個十一，都是那種秀麗無比的孩子。她們懂事不久就來到這離難的日子，先是驚恐受怕，後是沉悶壓抑。她們對已逝的良辰美景一無所憶，她們只有著追求快樂的天性。她們最敏感於趙志國帶來的輕鬆氣氛，猶如久居黑暗中的人看見一線光亮，全身心地赴向。只是受了教養的約束，她們便不由自主地有點裝腔作勢，故作平淡。她們還將此當作操演她們大家閨秀風範的舞台，這些風範光聽母親說，卻無實驗的機會。就都有些競相表現，好像變了一個人似的。可她們畢竟還是孩子，撐不多久便露出了馬腳。她們朗聲大笑，說一些蠢話，甚至爬上趙志國的肩背，攀住他的脖子。她們向來很缺乏父愛，她們的父親以爲沒有兒子全是她們的錯，是她們占了兒子的地盤。因此連她們的名字都嫌煩似地不肯好好起，就叫個大妹和小妹。而她們恰恰是那種需要親愛喜歡熱鬧的孩子。趙志國的來到眞是解救了她們的困境，於她們身心成長都是一個幫助。從此以後，每天早晨都像是拉開一道帷幕，懸念重重地，將要演出一幕戲劇。

3

現在，亭子間的「派對」便開始了。趙志國發現，胡迪菁是個善解人意的女人。有時候她明知道他說錯了，卻不指出，只是在事過之後，漫不經心地重新說一遍，糾正了他的錯誤。別人不會留意，只有趙志國留意。他心裡有點感激還有點惱怒。感激的是她沒有當眾出他洋相，惱怒的是居然被她窺出破綻。他心裡就有點緊張，胡迪菁的在場使他感到壓力，但也正是這壓力讓他興奮，好像處在一種競技的狀態中。爲了在心理上戰勝胡迪菁，他甚至堅持自己的錯誤。當胡迪菁糾正地說了兩遍之後，他又再說第三遍，來恢復那個錯誤。他們臉上都帶著和氣的微笑，心裡卻鬥著法。在他說過第三遍的時候，胡迪菁絕不再說第四遍，去堅持她的糾正。她本來也不是要讓大家了解正確的說法，她只是要趙志國一個人明白他的說法錯了。她的退讓姿態則叫趙志國眞地著惱了，這是一種失敗的心情。其實他們各執一端的事情全是些雞毛蒜皮芝麻綠豆大小的，比如吃西餐喝湯喝到最後，是要將湯盆向外傾還是向內傾；再比如襯衫袖口要比外面西裝袖子長出半寸還是四分；還比如嘉寶是瑞典人，英格麗·褒曼是丹麥人，還是嘉寶是丹麥人，褒曼是瑞典人，抑或嘉寶和褒曼都是瑞典人，或都是丹麥人。這些小事情在他們看來非同一般，是檢驗眞僞的原則問題，這將決定他們誰是眞，而誰只是贋品。而使趙志國眞正惱怒的是，這並不是一場平等的競技，更像是一場考試，胡迪菁不是他的對手卻是他的考官。於是他也百般地留神，想要挑出她的錯，不料胡迪菁滴水不漏。其實她早已窺測趙志國的用心，言語上便分外留心，不知道的不說，知道不全的也不說，只揀那些最拿得穩的才說。但到底禁不住趙志國時刻耳明心亮地盯著，還是被他捉住一兩回錯處，待他也以微妙的方式糾正過後，她並不堅持，至少表現了良好的風度，使得趙志國雖勝猶敗。

誰也察覺不到他們兩人的鬥法，也察覺不到他們微妙的意見相左，還滿心地認爲他們相互很尊重，也很和睦。她們這些張家後代，由於養尊處優，缺少世事的鍛鍊，個個的腦筋裡都像缺根弦似的。她們只是盡情地領略這些不再寂寞的午後，享受著突然間從天而降無窮無盡的談資。她們的生活陡然間變得豐富多采，妙趣橫生，她們高興都高興不過來呢！她們自此變得興高采烈，女紅也被丟在了一邊。她們只是覺得，胡迪菁她忽然間變得有趣起來，還變得好脾氣起來。她們還覺得趙志國也更加隨和，他簡直像個孩子似的，那麼饒舌，那麼興趣高漲。她們想這有多麼好啊，人人高興。她們甚至忘記了身處在一個沒有快樂可言的時代，忘記了外面的世界有多麼荒涼，忘記了她們的父兄正在受罪，也忘記了她們自己的不幸。這些日子的午後總是分外短促，不知不覺的，陽光已經越過樓頂，爬下窗檯，到了陰沉的後弄，然後翻過一道牆，到牆那邊一塊滿是馬蘭頭的空地上，滯留一會兒，便下去了。有時候，趙志國必須要到學校去點個卯，亭子間的空氣竟比從前更加悵惘，人人懶得說話，荒了多日的女紅又拾起來，卻錯了針腳。她們心裡都在想同樣一件事，嘴上卻都不說。只有小妹少不更事，掩飾的本事還不到家。她趴在朝著後弄的窗戶，伸長脖子，可望上一個小時之久。大妹便去阻止說：你望什麼？趙志國又望不來的。胡迪菁便不得不來干涉，她想小妹的行爲已經有失檢點，大妹且近似下作了。她沉了臉道，姑夫不叫倒叫趙志國，誰給你們做的規矩？大妹小妹則一起對了她做怪臉，表示不把母親的話放在心上。張思蕊漸漸也沒了耐心，噘起嘴，嫌兩個侄女妨礙了她，於是就起了小小的爭執。直到後弄裡響起自行車嗞啦啦的鋼圈聲，大妹小妹按捺不住地奔到窗前，大叫一聲趙志國，趙志國以清脆的鈴聲回答了她們。然後他開了後門的鎖，三格併作兩格地上了樓。這時節，趙志國感覺到一剎那的快樂，他甚至有一剎那眞正回家的感覺。他像一個放學回家的中學生一樣大步跑上三樓，抬頭看見胡迪菁笑微微地站在亭子間門前，對他說，思葉在房間等你呢！突然間，方才那快樂明淨的心情離他而去了。

趙志國原本已經一隻腳跨上樓梯，預備去三層閣上的房間，這會兒卻打個轉身，進了亭子間。大妹小妹就一起仰了頭喊，大娘娘，趙志國回來了。她們喊了兩聲才聽見張思葉應了一聲：「曉得了。」卻也不見人下來。胡迪菁絞了把毛巾給趙志國擦臉，問他要不要泡茶，話沒落音，張思蕊已端來了茶，又問長問短。這時，張思葉也慢慢地下了樓來，她本來沉著的臉，一旦看見趙志國，便不由地溫和了。她問趙志國學校裡有什麼新動向，一路騎車累不累。趙志國一張嘴哪抵得住四五張嘴東西南北地發問，他不禁有種身入重圍以一當十的感覺。正說話間，胡迪菁卻變戲法似地端出一鍋赤豆粥，一人盛上一碗。亭子間裡頓時有了一股節日的氣氛，節日已經是一樣被遺忘很久的東西。這一個午後，因了長久的等待而越發顯得寶貴而短促，不夠用似的。他們都有些急切，氣喘吁吁的，等不及開場白，要直接切入主題，可慌忙之間，又抓不住要領。他們東拉一句，西扯一句，反而蹉跎了時間，夕照已到後弄裡了。這一個午後有些令大家失望，似乎都盡了心力，卻沒有達到預期效果，幾次要掀起高潮都沒有掀起，倒出現有幾次冷場，不免沮喪。就這樣送走了一個午後，迎來又一個夜晚。

這裡的夜晚令趙志國感到深深的寂寞。夾竹桃的香氣簡直濃霧彌漫。各家各戶窗帘緊閉，不洩燈光，使這弄堂黑洞洞的，似乎沒有人跡。這裡的人到了夜晚都有點貓似的，輕柔靈活，收斂了聲氣。這裡人還有一種鼴鼠似的表情，習慣在黑暗裡活動。他們在不開燈的樓梯和走道上無聲地活動，就像在白晝裡活動，從不會互相碰撞或犯下過失。這個城市的夜生活是眞地消遁了，這裡的人本都是夜生活的主人，他們的退場意謂著閉幕，下一幕什麼時候開始呢？趙志國有時候一個人站在曬台上，樓頂上殖民時代殘留的磚砌的壁爐煙囱排列在夜幕之下，像是一道城垣。但這寂寞也是高尙的寂寞，就像是殘牆上的爬山虎一樣的寂寞，是一種遲暮的美麗。然而這種夜色是多麼逼人啊！趙志國有透不過氣的感覺，爲了克服這感覺，他吹起了口哨。他聽見自己的口哨聲從很遠的地方傳來，隔了很厚的幕障。他堅持著吹完一首曲子，樂句間隙之處，寂寞如潮水般無縫不入地擠進來，將他的曲子剪成碎片。趙志國走動起來，好像孤舟在黑暗裡划行。有一隻眞正的貓從這家的屋頂躍到那家的屋頂，黑暗便柔軟地墩了一墩。趙志國回到房間，懷了遠道歸來的心情。檯燈下編織玻璃絲金盞花的張思葉散發著寧靜的閨閣氣息。她是那種永遠出不了閨閣長不大的女人，活在夢中。就是這個殘酷剝奪她的時代也不能教她醒來，這只是另一場噩夢而已。趙志國有時還在這房子裡走來走去，這房子布滿遺蹟，就好像一座繁榮時期留下的廢墟。壁爐架上歐洲風景的瓷磚畫，浴缸上生了鏽的熱水龍頭，積起灰垢的熱水汀，裸著的電話機插孔。這些遺蹟流淌出典雅的氣息，這氣息對趙志國既是打擊也是安慰。這些遺蹟就好像是一個破落貴族的光榮的徽號，它們教趙志國又悲又喜。趙志國走進張家這房子可說是他首次親身體驗這城市的繁榮景象，卻已是這景象的凋零之秋。他無法排遣他的虛浮之感，似乎不在現實之中。夜晚過去，清晨到來，麻雀的啁啾使他有舊知重逢之感。夜幕揭去，光亮與聲響同時復甦。樓梯上腳步沓沓，有一種繁忙的氣象。

如今，趙志國來亭子間已是不請自到。亭子間的「派對」有使人鼓舞振作的作用，還有促進親和的作用。它是這虛浮之景裡唯一的一樁現實，有點像洪水中的方舟。他有時候還會早到，人們午睡未起，他一個人已經來到了亭子間。這是在夏季的沉悶下午，蟬在窗下梧桐裡不倦地唱，熱氣湧進，他坐在桌邊，一杯一杯喝著冷開水。砧板上散發出木頭與肉屑合成的潮膩的腥氣，買菜的竹籃也有股潮腥氣。這種下午最是教人消沉，人們在這種下午會對人生起懷疑之心，他們變得有些動搖，信心不足，勇敢也不足，而且很孤獨。

4

這一日，是胡迪菁帶頭，講起了《紅樓夢》。《紅樓夢》是這家女人的必讀書，她們沒事了手裡就捧一冊《紅樓夢》，《紅樓夢》裡從主到僕都爲她們熟透。她們還能運用想像，爲主主僕僕設計著來龍去脈。她們每一個人都可爲《紅樓夢》再續下一百二十回，各有各的續法，都是出色獨到的紅學家。《紅樓夢》是她們經久不衰的話題。正當眾人搶著發言的當口，胡迪菁忽然「咦」了一聲，她就像哥倫布發現新大陸地說，趙志國，你在這裡就像大觀園中的賈寶玉啊！大妹立即說，那麼大娘娘就是薛寶釵。小妹唯恐不及地趕著說，小娘娘是林黛玉。這話初聽沒什麼錯，卻不禁細想。先是張思葉臉上暗了一暗，心想這比喻很不吉祥。張思蕊則緋紅了臉，想拂袖而去，又捨不得走。這局面就有些尷尬。胡迪菁這才發覺說話造次，收回已不可能。趙志國尷尬之餘不由想，料不到那麼聰敏的大嫂嫂也會失態，就向胡迪菁看了一眼。胡迪菁低頭不作聲，也微紅了臉，趙志國心裡便有種很熨帖的感覺。他笑道，你們不是要我做賈寶玉，而是要我去做和尚吧！大家都笑了。胡迪菁見他救火似地來解圍，不由心生感激，說道：就知道你捨不得張思葉。這話雖有些造作，還是使張思葉很高興，她佯怒說，不和你們說了！轉身上了樓，再也不下來。這天的「派對」，雖然由趙志國挽回了僵局，可總是留下了窘迫的陰影。胡迪菁心裡懊喪，卻遷怒於大妹小妹，找些莫需有的事情責備她們，她們自然不服，鬧出口角，最後只得草草收場。唯有張思蕊，對一切充耳不聞，她坐在桌邊，咬著手指頭，心不知飛到哪裡去了。

張思蕊開始寫日記了。她寫日記必須背著人。張家集幾十年動蕩不安總結出一條「箴言」的規矩。他們認爲不僅禍從口出，白紙黑字更往往是災禍的根源。他們家是連一般的書信也不寫的，所有塗鴉之事都堅決杜絕。在這個管束不力的時期，張思蕊開始背叛家訓了。她在夜深人靜的時分，偷偷拿出紙筆，寫下她難爲人知的心事。她寫著寫著，憂傷便襲上心頭，她覺得她這十七年裡全都是失落，一點安慰也沒有。她想她沒有一個相親相知的人，孤零零的一個。張思蕊的閨怨此時此地不免會帶上時代的色彩，她憤怨地想，是「文化革命」害苦了她。她以優美的筆調描繪了革命前的日子，無憂無慮，無煩無惱，卻一去不回。人生是多麼無常啊！於是，她的閨怨又添了一層宿命的氣息。眼淚就流了下來。流一點眼淚，使張思蕊舒暢了，她輕輕地吁一口氣，合上日記本，然後上床睡覺。睡覺前她還要對了樓下夾竹桃的花影出一會兒神，她想難過卻不知怎麼快活起來，她便把被子蒙住了頭。張思蕊也是個作夢的人。與她姊姊不同的是，光把現實當成夢對於她遠不夠，她還要爲自己創造一些夢。她是要比姊姊張思葉更具有主動精神和行動能力。無奈她成日坐在家中，沒有多少資料可供她做創造，她的能力和積極性白白地流淌了不少。每當午後，她其實是心中最愁煩最怨艾的一個。尤其是姊姊有了趙志國，她的愁煩怨艾連個伴都沒了。她有時很不服氣地想，假如趙志國先認識的不是張思葉，而是她張思蕊，事情還不定是什麼樣子的呢！這樣一想，她就好像遭了搶似的，更是委屈滿腹。侄女兒將她比作林黛玉的這句不知輕重的戲言，在她心上敲了一下，她不由地感慨備生。

下一天到了亭子間，她情不自禁地去捕捉趙志國的眼神，想從中揣摸出什麼暗藏的心意。在她的著意刻畫下，趙志國比平日裡更加可親可近，他的舉手投足有了含義，全沒從她的視線中浪費掉。這個午後的每一分鐘都顯得貌似平常卻意味深長，布滿了懸念。在這個無聊備至的年頭裡，張家二小姐終於找到了事做，她再也不嫌夏日午後的漫長，蟬鳴也教她心生喜歡。她變得好性子起來。對姊姊比過去話多，不再給侄女兒白眼看。對她的變化，別人都渾然不覺，卻有兩個人看在眼中，一是胡迪菁，二是趙志國。他們這兩個外姓人是要比張家人更多經驗和心眼，他們又都是聰明人裡的聰明人，人尖裡的人尖。他們從一個眼色裡，便可了然一切深不見底的。

胡迪菁先是一驚，後是暗中發笑，看見性情乖張的小姑子陷在這樣的泥潭裡，難免有點解氣。但緊接著她卻擔憂起來，心想，可別鬧出什麼事情來了！這年頭，事情已經不少了，不能再多出半樁來。她想起三班倒地做工，回家累得半死的丈夫，又想起至今還關在牛棚吉凶未卜的公公，心裡一陣黯淡。她不由要對大妹小妹咬牙，說什麼林黛玉薛寶釵的話，招惹出是非。可再一想，這還不是由自己一句「賈寶玉」的話開了頭？於是只得回過頭來恨自己。那趙志國呢，也是心中暗暗叫苦，埋怨胡迪菁想出賈寶玉的話頭。住在張家做上門女婿，本當謙虛謹慎，怎能多生是非。張家女兒在他眼裡都是木胎美人一個，他也沒有興趣製造什麼事端。他先是採取迴避的態度，一連幾日去學校上班，傍晚才回。而他這樣缺席，反更教張思蕊浮想聯翩。她也來了個閉門不出，並且茶飯不思。兩個人不來，亭子間便冷清很多，大妹小妹也不來了，只剩下胡迪菁自己。這時候，張思葉倒自己下樓來了。她問胡迪菁，張思蕊這幾天怎麼又作怪，是嫌家裡太平了還是怎麼？說起來也是十七八歲的人，什麼都沒個著落，眞是愁煞了人。胡迪菁很驚異地想，百事不管的大小姐居然也爲天下人操心了，不覺有些感觸。她說，張思蕊的脾氣你不是不知道，一陣陰一陣晴的，不管她自己就會好的。像她這樣的學生有幾萬幾百萬，人有路她有路，人沒路她沒路，俗話說，船到橋頭自會直。張思葉聽胡迪菁這麼說，心稍稍放寬了，就看她手裡的針線問裁剪的問題，胡迪菁便笑著小聲問：難道要做毛頭衣服了？張思葉在她手上拍了一下，趕緊起身走了。胡迪菁望了她的背影，在心裡嘆了口氣。她想應當提醒趙志國，避而不見只會錯上加錯，可這話如何出得了口。雖說知道他心裡是明白，可窗戶紙卻不好捅破，這是面子啊！

不管胡迪菁想好怎樣向趙志國暗示，趙志國已修改了對策，又一次出現在亭子間裡。這幾日他過得也不好。他去學校裡，學校裡沒事；到廠裡，廠裡也沒他的事；又回自己老家，家裡更教他氣悶，家中鹼水拖白的地板好像在向他提醒著不堪提醒的東西。他騎車走在弄堂裡，人們投來的目光，使他自覺得是一個陌生人。他從家裡出來，駛在街道上，他就再沒地方可走了。這期間他還去過一兩個朋友家，一同去了趟外灘公園。他們在江邊站站，聽一會兒汽笛長鳴，還看一艘外輪慢慢地進港，都感到了無聊。這些朋友是些純粹的玩伴，在這時代一律意氣消沉。江邊落日，最是他們看不得的景色，猶如雪上加霜，教他們的情緒一落再落。他們還須保存些實力，等待時代轉變，再作奮發。於是他們一起掉頭離開江邊，作了鳥獸散。趙志國慢慢地蹬著車子，下午五點鐘時分人們總是行色匆匆，神態疲憊。華燈初上，行人漸漸稀疏。這時候，他有些想念張思葉，心裡有些溫存。他懷了溫存之情騎在回家的路上，天漸漸暗，路燈便漸漸顯得明亮。上海的馬路舊影幢幢，好像時光倒流。他的溫情直到進了家門，上了樓梯，看到張思葉正好來個休止。他看到張思葉便想到張思蕊，不由地心中煩躁。他想他怎麼成了一隻陷阱裡的動物，由著人家擺布。他心裡憤憤的，爲賭一口氣，第二天他就決定了不出門。

趙志國回到亭子間，張思蕊誓不見他的決心便不攻自破。她下了樓來，爲表示不妥協卻冷著臉，視而不見。這倒教趙志國覺得有趣起來，他帶了頑童般的心情，有意逗她說話。說實在，這幾天在外流浪，也教他憋得不行，張口就是一瀉千里，妙語連珠。這幾天出門在外，他又增添閱歷，更進了話題，使人耳目一新。他使所有人除了張思蕊都笑口常開，精神大振，亭子間沉寂多日之後顯得活躍異常。張思蕊卻無動於衷，不聞不問，好像一個局外人。趙志國就發動大妹小妹去撩撥她，找她的事，不想她翻了臉罵道，你們這些不識相的東西！「不識相」這三個字卻說到了趙志國的痛處。他在張家做女婿，識相不識相他最爲留心留意。他明知張思蕊不是針對自己，可也難保不是指桑罵槐。他一時有點噎住，停了一會兒，就忘了方才的話茬。他又東拉西扯說些別的，自己也覺得無聲無色，便站起走了。他一走，張思葉便跟著走了，大妹小妹也走了。胡迪菁不覺苦笑著想，這一來事情倒像是眞的了。張思蕊臉上一陣紅一陣白，胡迪菁又想，這才應了一句俗話，叫作

「女大不中留」。

半個月之後，張思葉要走了。大學生們全要下鄉鍛鍊，一年還是二年連工宣隊趙志國也說不準，他只提早告訴張思葉去的是安徽的一個農場。爲了要走，張思葉哭濕幾條枕巾。她不單是爲離家吃苦，還是捨不下趙志國。她想她剛有一點快樂就要失去，她怎麼盡是失去，失去，失去。趙志國與張思葉百般繾綣，同時不無輕鬆之感，他想到自己一個人在這間三層閣裡活動，便止不住地喜上心頭。張思葉走的那天，下著綿綿細雨，她哭腫了眼睛，走下樓梯。一家人送她到後門口，看著她走在雨濛濛的後弄裡的背影，趙志國用自行車替她推著行李。兩人也沒打傘，身上沾滿潮濕的雨絨，好像漸漸地化開在陰霾中似的。

5

這是一個什麼事情都到了最後的年代。上海的街道上，噹噹行駛著最後幾班電車，馬路上的鐵軌有一種告別往事的神情。有許多孩子在準備著離開這個城市，去往邊地和農村。他們寫著血書，打了紅旗去到革命委員會請願，「革命委員會」帶有臨時政府的面目。人們有時走在街道上，會忽然停住，不知從何處傳來一陣氣息，往昔的風撲面而來，又倏忽而去，人們又驚又喜，惆悵滿心。因此，這還是一個送別往事的年代，人們心裡都在割裂著什麼。每個人都在過著自己最後的日子，收拾妝點過往的舊事。這是歐式房屋上爬山虎長得格外茂密的年代，它們遮掩了一面牆又一面牆。爬山虎是那種紀念碑似的植物，它們將荒涼裝飾得鬱鬱蔥蔥，熱熱鬧鬧。它們建築了綠色的古堡。

張思葉走後的幾天，陰雨綿綿，坐在亭子間裡，人人無情無緒，卻又不散開各自回房。這幾天人們好像格外地害怕冷清。坐在一起，也不說話，自己管自己出神，偶爾交談幾句，也都一句對不上一句的。濃重的陰霾，使朝北的亭子間白天也開著燈，這就有時光停滯的感覺。他們想，這是什麼時候了呢？這幾日，甚至連張思蕊都安靜下來，不再惹事生非。他們坐在一處，看上去倒是親情融融。有時候，胡迪菁會緩緩地講述一些上海的老話，比如當年富家小姐與男傭人席捲私奔，結果生死兩茫茫。然後，趙志國也講了一則醬園裡的殺夫案。這些都是帶有陰晦之氣的里巷軼聞，本不該在純潔的閨閣流傳。但是，在這樣的含有相濡以沫氣息的時刻，人們都不存戒心，也消除了偏見，就連胡迪菁和趙志國他們自己，也沒發現觸犯了忌諱。而這俚俗傳聞在這樣的氣氛之下，不覺染上傷感的情緒，使其間的猥瑣成分得到了有效的緩和。一些下午平安無事甚至溫情脈脈地過去了。事情似乎又回到最初的時候，還更添一種相互理解的空氣。這其實是容易使人放鬆警惕的空氣，危險往往在這裡滋生出來。

這些故事在張思蕊心裡掀起了波瀾，使她騷動不寧。她在每天深夜寫日記的時候，寫著寫著就寫不下去了。她煩躁得很，心想，做人眞是沒有意思啊！她開始去想人生的目的，繼而發現想這目的更是件沒意思的事，然後就把寫好的日記撕成一條條的。這時她覺著自己就像是焚稿的黛玉，侄女兒多日前的戲言又響起在耳邊。撕掉日記心裡好像輕鬆了，她撩開窗帘想看看外面，不想卻在窗玻璃上看見自己的臉龐，看上去她顯得很神祕，這教她滿意。她穿著睡衣褲走出房間，走在過道上，覺著自己好像仙女，又像幽靈。這時，她看見亭子間虛掩的門裡透出燈光，便走了下去。

趙志國坐在桌邊，等一壺水開。他用一個鐵夾子拔著下巴上的一根鬍子，拔得很專心，下唇使勁往裡包著牙齒，模樣看上去有點古怪。張思蕊忽然湧起一股厭惡的心情，她想，這個趙志國就像是另一個趙志國了。可她還是推門進去，倒把趙志國嚇了一跳，但立即鎮定下來，臉也恢復了原狀。他微笑道，這麼晚還沒睡？心裡卻盼著水快開了好趁早脫身。張思蕊不回答，卻問道：大嫂嫂那故事你聽懂沒有？趙志國想她這是沒話找話，嘴上敷衍著：有什麼不好懂的？張思蕊又問：你倒說說看，這故事說的是什麼？趙志國心裡嫌煩，水又光響不開，只得再應酬下去：一個富家小姐和一個下等人好，說話到這裡，心裡不由一緊，才覺得張思蕊並非沒話找話，而是大有道理。他想著該給她一句什麼，好教她收斂一點，可這時候水卻「突」一聲開了。他關掉煤氣，拎上水還是走了，卻好像看見張思蕊在他背後冷笑。

趙志國這一夜沒有睡好。沒有張思葉的房間是孤獨但是安全的房間，有蔽身之感。趙志國躺在床上，一隻手繼續夾那根鬍子，緊張的情緒漸漸緩和下來。他在心裡冷笑著想：這個世界不革命真是不行的。想到革命他又不禁黯然神傷。他發現這世界怎麼樣都沒有他趙志國的一個位置。他翻來覆去的，窗外的天空沒有一點星光。他想起他有個同學家的後窗正對著一家西餐館的露天餐廳，他們有時站在窗前，望著那裡，晚風習習，餐具在燭光下閃爍的情景就像是一幅圖畫。在這城市的許多鱗次櫛比灰垢蒙蒙的後窗，都可窺見到富麗堂皇的景象。這些景象就好像處在地殼變化地帶的城堡，在每一次革命的震盪之後，下沉，下沉，最後沉落地底，煙消雲散。當它們在後窗裡呈現的時候，就已經帶上了感時傷懷的表情。趙志國就好像目睹了它們下沉以致滅亡的過程。像張思葉這樣的過程中人，因要應付一系列的沉浮倒也無暇生出多少心情，趙志國卻是感慨備加，有恨有愛。所以，趙志國大約是傷悼這城市最痛心的人，他想他眞是個末世之人，要做一個卑鄙的于連也做不成了。這一晚上，趙志國浮想聯翩，百感交集，待他漸漸平靜下來，張思蕊的神情就又浮到眼前，胡迪菁她講故事的神情也浮到眼前。他想著想著卻出聲地冷笑一下，然後翻過一個身睡著了。

下一天，趙志國來到亭子間就像沒事人一樣。張思蕊暗暗思忖，是他眞的不明白自己的意思?可自己的話卻說得再明白不過了。她不覺有點提防。趙志國卻眞的一點事也沒有，亭子間的「派對」照常。窗外的雨也停了，露出遲到的太陽。這一天什麼事也沒有的過去了。後來的幾天也什麼事沒有的過去了。亭子間裡的話題開始呈現出循迴往返的趨勢，漸漸有些無聊。這一日，不知由誰起頭，說起了交誼舞，這是個新題目，大家的情緒爲之一振。胡迪菁和趙志國就像比賽接口令似的，一人一個地報出各種舞名：探戈、倫巴、勃魯斯、華爾滋，直聽得大妹小妹目瞪口呆，心曠神怡。單是這些舞曲的名字聽起來就已是那樣羅曼蒂克，又恍若隔世。趙志國忽然站起身，將桌子往牆邊一推，說，大嫂嫂，我請你跳個舞。他屈膝做了個很紳士的姿態。胡迪菁有些吃驚，卻立刻站了起來，將手搭在他的肩上。這時，大妹小妹便瘋狂般大笑起來。趙志國嘴裡哼著舞曲，腳下走著舞步。地方狹小，他們只能原地走步。他們的腳雖然沒有大動作，可他們的肩、背、腰，整個身體卻流露出微妙的動感和韻律。他們一上來就配合默契，看上去絲絲入扣。大妹小妹止住笑，臉上浮現起驚異和羨慕的表情。張思蕊漸漸不自在起來，她沉著臉說，不要得意忘形，叫人家看見大家倒楣。他們這才停下來，胡迪菁微紅了臉，說她原以爲全部忘光了，豈不知一動起來什麼都回來了。「什麼都回來了」這句話觸動了趙志國，他看一眼胡迪菁，胡迪菁也正看他，兩人就一齊微笑了一下。張思蕊忽然「噗哧」笑了，她說：大嫂嫂，聽說你和大哥哥也是在舞場上好起來的，是不是？這話露骨得可以，胡迪菁低下頭去找什麼裝作聽不見。趙志國卻站到她面前說：張思蕊，我也請你跳個舞。這回輪到張思蕊吃驚了，她有些手足無措又有些負氣地說：我不會跳。趙志國說：我教你。張思蕊只得站起來，想學胡迪菁把手放上他的肩，卻不知怎麼放到了他的頸脖邊，窘得臉通紅。她又一次說：我不會跳。這一次的話裡就都是誠心誠意了。趙志國指示她不要看腳下，而平視前方，並爲她數著一，二，三，四，然後就誇獎她學得快。張思蕊咬著嘴唇，專注地跟隨他的口令，額上沁出了汗珠。她跳著跳著忽然一抽手，說聲「不跳了」，就坐了下來。大家不由一愣，有些慌，不知張思蕊又怎麼不好了。只有趙志國很沉著，退回到位置上坐下，開始講起另一樁事情。可除了大妹小妹，其他人都沒有心思了。

6

胡迪菁隱隱覺得亭子間裡的「派對」有點危險，該停止了，可內心卻捨不得。她覺得，每日裡的亭子間變得越來越重要，重要到這樣一種程度，那就是：與她的人生都有聯繫了。胡迪菁的人生正好到了以懷疑態度和檢討精神爲主的階段。越是如胡迪菁這樣目標明確，信念堅定，成就顯著的人，懷疑和檢討的心情越是強烈。這是因爲抵達目標之際也正是失去前途之時。就像一個不斷攀登的人，到了頂峰之後面前卻是一片虛空。胡迪菁看不清這事情的本質，她只能看到表面的原因，所以她便時常哀嘆亂世當頭，使她的人生走了彎路。亭子間的聚會是一個安慰，也是一個發洩，並且已成爲一個固定的日程，沒有它每天下午幹什麼呢？午後的時間漫長而愁悶。自從來了個趙志國，這聚會的意義就遠不止這些了。胡迪菁對自己說，事情和原先一樣，沒有任何改變。可她越對自己說，自己就越不相信。胡迪菁的世故與精明，加上她涉獵各類戲文和好萊塢情話，使她對人情世事具有極強的預知能力，事情還未發生就好像已在她眼前演過。有時候，這些畫面還會出現在她的夢境裡，眞的一樣，她不由驚出一身冷汗。睜開眼睛，發現是個夢，心裡亦不知是悲是喜，在黑暗中睜著眼睛，就再也睡不著了。

自從亭子間開過舞會之後，張思蕊的態度又變了。她變得沉默，還有點溫存。她常常一個人坐著出神，叫她幾聲也聽不見，猛一聽見，就露出大夢初醒的神情。她還背了人流過眼淚，被多嘴的小妹看見。人們都當是學校在動員她上山下鄉，馬路上一日過去幾班敲鑼打鼓光榮報名的隊伍。只有胡迪菁心裡明白，卻又不好說。這一日，張思蕊去學校開動員會，下午一點去的，晚上七點還不回來，大家都著急，趙志國就說他去看看。這時候，也只有他去才會有結果了。趙志國走後，胡迪菁便心神不定起來，這一回她變成了小妹，趴在窗口對著後弄。後弄裡黑漆漆的，一盞路燈也沒有。胡迪菁發現了夜晚的黑暗，星星發著模糊的微光，將那黑暗又攪混了，又黏又稠的。後弄裡有一股油氣，是從各家廚房的後窗裡滲出會合而成的，這會兒就像水面上的油一樣漂浮起來。胡迪菁的思想到了很遠的地方，她想到她和女同學去找明星簽名，還想到她們幾個調皮的女生在舞廳門口等待男士的邀請，她潔白的婚服在眼前飄曳而過。她想她這三十多年就這麼彈指一揮間過來了，什麼都經過又什麼都沒經過似的，眞是人生如夢。這時她聽見了後弄口的腳步聲，知道是張思蕊他們回來，便下樓去門口迎接。打開後門時，她卻看見了滿地的月光，她想，月亮是什麼時候升起的？趁著月光，她看見張思蕊臉上似有著淚痕，又似乎並不怎麼悲傷，還有些喜色。她不由疑從中來。

眾人聽見樓梯響，都走出房間，匯集在亭子間裡，搶著問爲什麼這時候才回來，學校裡怎麼說，張思蕊又怎麼回答。張思蕊和趙志國一起開口，又一起止住，互相看一眼，笑了，都讓對方說，最後，還是趙志國說了。胡迪菁眼前不由浮現起張思蕊和趙志國走在月光下的情景，有些心不在焉。忽聽眾人都笑，定定神，聽趙志國正說到工宣隊讓大家留下開會表態，不表態不能走，到吃晚飯時間，就一人發一個麵包，因爲麵包新鮮，就有人再要吃一個，大家就笑。趙志國說，有的家長去了，也請到教室裡去坐著，大妹就問：有沒有麵包吃？大家又笑。小妹也問：趙志國你有沒有麵包吃？胡迪菁就喝斥道：這是什麼樣的事情？瞎起鬨！她這麼一說，大家便都沉重起來，靜下來聽趙志國往下說。趙志國說他一去就打聽張思蕊學校的工宣隊是哪個系統的，不料卻是他們的一個兄弟廠，他有個技校同學正分到那裡。他便找到他家去，請他幫忙。那同學隨他一同騎車到學校，找個理由把張思蕊調了出來。大家先是鬆一口氣，接著便發愁了：這一次是過去了，可是下一次呢？看學校這樣子，似乎不走是不行的。張思葉這一去不知什麼時候回來，難道張思蕊也要一去不知什麼時候回來嗎？張思蕊自己倒想得開，經歷這大半天的折騰，她並無沮喪之色，還安慰大家說，走到哪裡算哪裡吧。這時，趙志國說話了。他說，只要張思蕊自己拿定主意，學校工宣隊那頭他可以繼續去通路子，好教他們心中有數，手下留情，張思蕊呢，也做做樣子，在學校裡坐上一天兩天，吃些批評也無妨，只要面子上過得去。大家都相信地聽趙志國說，覺得他的話實在合情合理。只有胡迪菁一個人在肚裡冷笑：趙志國，你在張思葉學校做工宣隊，都沒辦法叫張思葉不走；現在不過是你同學的同事在張思蕊學校做工宣隊，你就能打包票讓張思蕊不走了？

以後的日子，趙志國和張思蕊就有事情做了。他們每日在一起商議策畫，有時候這個去學校，有時候那個去學校。他們成了家中最忙碌又最責任重大的兩個人，什麼事情都要爲他們的事情讓路。有時候，他們來到亭子間，見有大妹或者小妹在，就會說：出去玩，我們有話要談。大妹或者小妹就只好出去。即使有那麼幾天，動員的風聲鬆弛了一些，不那麼緊鑼密鼓的了，可他們兩人的神情依然那樣地嚴肅鄭重，大事臨頭。趙志國成了家裡的主角，老大下班回來會問一聲：趙志國回來了嗎？姆媽甚至也會親自過問趙志國廠禮拜那日的菜肴，有時候還會對媳婦嘆息一聲：這個家只有靠趙志國出力了。胡迪菁看著婆婆的背影，心裡就湧起一陣委屈，她冷笑著想：又不是沒有兒子，怎麼就靠他了？由「兒子」

兩個字想到自己只生了大妹和小妹，沒有盡到長房長媳的責任。愧疚之餘不由生出一絲疑慮，她想這家兒子一個是自顧不暇，另一個則劃清了界線，倘有一天鳩占鵲巢也是無話可說。她忽然心亂如麻，手裡的事情再也做不下去了。

趙志國做主角的日子裡，胡迪菁覺得自己成了娘姨。她還覺得丈夫對趙志國也有點討好，話裡話外都順著他。她最見不得的是張思蕊在飯桌上，爲趙志國盛飯舀湯，繁忙又盡責的樣子。她在心底裡卻暗暗驚異趙志國的城府，竟絲毫沒有忘形之處，依然謙虛謹愼，行爲舉止穩重得體，一切如常。她想趙志國你眞是要「放長線釣大魚」啊，怕就怕這池淺水裡已沒什麼大魚大蝦了。這樣想來，她又有點爲趙志國悲哀，還有點爲自己悲哀。她想，大家都是末路上人，還不和睦一些，太平一些。於是，心裡就略略平靜下來，還如以往那樣對趙志國好。可是趙志國卻無暇如從前那樣對她了。亭子間的「派對」再沒提起過，趙志國有時一天不見個人影，張思蕊也一天不見個人影。這時候，胡迪菁心裡就空落落的。大妹小妹都是適應現狀的孩子，沒有趙志國就往別的事上找快活，也不再光顧亭子間。這樣，每天午後，亭子間裡就只剩下胡迪菁一個人。她眼前忽然浮現起趙志國與她跳舞的情景，他彎曲手臂扶住她腰像是呵護著她，她的心便有一種快速下沉的感覺，好像需要有一隻手去托一下似的。

7

這一日，趙志國從外面回來，臉色就有些不悅，他把張思蕊叫到亭子間裡，兩人沒說上幾句，就吵起來了。等人去勸，兩人又都不說了，各向一隅生氣。人們怎麼問也問不出名堂，一個說：你問他；一個也說：你問她。胡迪菁就笑道：姊夫和小姨子可不興吵嘴的。這話說得造次了，先是姆媽臉上有點不好看，再接著張思蕊忽然哭著上樓了。趙志國臉上訕訕的，停了一會兒，也回房去了。胡迪菁只在心裡冷笑。晚上，睡不著，她坐在亭子間裡剝毛豆，趙志國卻推門進來。她有些意外，又有些驚喜，她說：燒水啊！趙志國說不燒，只是來坐坐。他坐在那裡，神情有些黯淡，也不說話，胡迪菁問他什麼，他就只回答什麼。慢慢地，胡迪菁找不到什麼話，乾脆靜了下來。兩人這麼靜坐著，就有一種十分安謐的氣氛滋生著，便也不想說什麼了。胡迪菁一顆一顆剝著毛豆，趙志國靠在椅背上，時間像暗流一樣流淌過去，不留痕跡。這樣的時刻眞是不可多得，它是所有時間中最最善解與寬諒的時刻之一，很多無言的默契都是在這一刻裡達成的。這種默契是最深的那一種，它的深刻性使它與危險只有一步之遙，稍不注意便滑了過去。有一顆毛豆從胡迪菁手裡溜走，她去追逐那顆毛豆，正與趙志國的手迎頭趕上，兩人就笑了。趙志國說：捉到一個賊，說罷將毛豆放在她手心裡。胡迪菁就問：今天怎麼了？和張思蕊吵架。他嘆了一聲，說：事情倒是小事情，也不知怎麼就吵起來了，現在想想也有些後悔，很不成體統的。胡迪菁說：體統不體統倒無所謂。趙志國就說：何以見得無所謂，你不是都笑話了？胡迪菁倒一愣，心想她的話趙志國居然很放心上啊！兩人沒再說什麼，又坐了一會兒，就各自回房了。

過後，晚上的時候，趙志國便常常到亭子間來坐一坐，胡迪菁則找一些費時費工平時不大會做的事做，比如擦鋼精鍋，揀米蟲。他們也會談到張思蕊的畢業分配，趙志國告訴她，目前形勢很緊，但那同學還是肯幫忙的，問題是張思蕊自己不會做人。這樣的時候，她應當夾起尾巴才對，可她還耍大小姐脾氣。趙志國說，她大概以爲我這工人階級是一把萬能鑰匙，其實呢？說到這裡，他剎住了口，不再往下說。胡迪菁自然全都明白，她想趙志國雖是個男人，卻也有脆弱的時候啊！她停了停說：所以啊，你就不能把話說得太滿，八分把握只能說成六分，辦不成，在人意料之中；辦成了，倒超出意料了，那天我就有點為你擔心，你說得那麼肯定，萬一不成呢？胡迪菁本是一番知己體貼的意思，卻把趙志國的好勝心激起來了，他說：當時我並沒有言過其實，那同學與我不錯，日後也會有求著我的地方，他這事幫幫我，我自然不會忘，人情就是在往來之中。胡迪菁見他不領情，便冷笑一聲道：我這才知道張思蕊大小姐脾氣改不掉的緣故，什麼時候都有盡心效力的人嘛！趙志國一下子紅了臉，胡迪菁不看他，繼續往下說：我在張家年頭比你多，有一句話倒可以告訴你，張思蕊命好，從來都是把客氣當福氣，你誇海口，她只照單全收，你怕是連個退路都沒有了，到時候，還不知能不能討上個好。胡迪菁不管趙志國的臉色怎麼紅一陣白一陣，只顧把要說的話說完，然後就上樓去，留下趙志國一個人在亭子間。

胡迪菁的話，趙志國全都明白，這是他不敢去想的話，這話觸及他靈魂裡一個最柔軟最敏感的地方。胡迪菁這樣一口氣地說出來，就好像給趙志國兜頭澆了一盆涼水，轉眼間成了個落湯雞。這話其實也是個窗戶紙，不能捅破。不僅不能捅破，還要貼上花，再映上影影綽綽的燈影。他知道胡迪菁說出這話是存心氣他，誰讓他不領情呢？也只有胡迪菁能說出這番話，這番話如不是人生和聰明都到了爐火純青是說不出來的。他不由想，這眞是少有的聰明人，並且是眞心關護自己，倘不是十分的體己也是不會說的。可這話卻是趙志國最不要聽的，它揭示了眞相。這就是趙志國不如胡迪菁的地方，胡迪菁不怕看見眞相，甚至還有一追到底的勇氣，這使她能夠認清形勢，掌握主動。趙志國則缺乏勇敢，愛慕虛榮，不免自欺欺人，結果喪失了戰機。趙志國一個人在亭子間坐著，漸漸感到了無趣。他想張思蕊自從吵過嘴就不愛理他了，這回胡迪菁也生氣了，他變成孤家寡人一個。這時候他想起了張思葉，這可說是張思葉走後他頭一回想張思葉。他想，張思葉現在幹什麼呢？張思葉的信兩星期一封，信上倒不太說自己，只是牽掛趙志國，讓他如何如何地保重。當時看了不覺得怎樣，這會兒卻想起了，心裡頭有一點酸楚。這點酸楚一揮手就過去了，轉眼間無影無蹤。坐了一會兒，他也回房去了。

8

張思蕊不理睬趙志國是假的，幾天一過她又來向趙志國討主意了，還要給趙志國織「阿爾巴尼亞」花樣的毛衣。胡迪菁不理睬趙志國卻是真的，她從心底裡著惱趙志國。她已經將他看穿了，他卻還在躲躲閃閃，掩掩藏藏，不和她說心裡話，其實趙志國是連對自己也不說心裡話的。張思蕊請她幫忙給趙志國的毛衣起頭，她推說沒空。張思蕊找了幾次，她推了幾次。最後張思蕊賭氣自己起了。這種新式起頭是很難弄的，可張思蕊表現出少有的令人感動的頑強，終於成功了。趙志國晚上到亭子間來，沒話找話的，明顯表示出陪不是的意思，也被她佯裝不覺地推開了。趙志國一來，她便作出事情已經做完的樣子，站起身走了。當她從面露窘色的趙志國身邊走過，把他晾在後邊，心裡則有說不出的快意。這些日子是過得飛快的日子，每一天都不發生什麼，又都發生了什麼，心裡不覺會有一種著急，急著過下去，看看究竟能發生什麼。這種日子裡，許多事情的原因就像空氣裡的灰塵，紛紛揚揚，飄搖不定，極慢極慢地沉落下來，積起薄薄一層，再一層一層加厚，完成了事端。百無聊賴沒有事做的日子，就像無風的好日子，會加速灰塵落定的速度和積累的成果。胡迪菁帶著好心緒度過這些日子，就像趙志國帶著壞心緒度過這些日子。這時候，他們有種胡迪菁站在暗處，趙志國站在明處的感覺。胡迪菁將趙志國揭了一層皮，卻不來關護他，使他終日惴惴不安的。胡迪菁一切盡收眼底，但不動聲色，心裡說：這個趙志國啊！

這一天，張思蕊的毛衣織到一半，很沒把握地要讓趙志國試穿一下。當趙志國套了半截毛衣站在那裡讓張思蕊檢查的時候，胡迪菁走過去略略指點了幾處，張思蕊便豁然開朗。趙志國趁機朝胡迪菁笑笑。這一笑，笑得很殷勤，像個知錯就改的大男孩，胡迪菁便不由地緩下來，與他說了幾句閒話，趙志國則很積極地應答。胡迪菁心裡更是好笑，臉上也溫和了許多。晚上趙志國從樓上下來，胡迪菁沒走開，兩人有時靜默，有時閒話，時間就一點一點流淌過去。有很多時刻是像水一樣的，清潔純淨，卻不容有一點點觸摸，一經觸摸，便混濁污染了。要保持水的清潔幾乎沒有可能。然而再污濁的人世，再污濁的人生裡，都會有幾個這樣純潔的片刻，有時候僅在倏忽之間。趙志國和胡迪菁在亭子間裡，他們什麼都不想，什麼都不說，會有一種極其靜謐的空氣升起，洋溢在每一個角落。世道是這樣的，人生的境遇是那樣的，它們好像你一層我一層地剝人，衣服剝完了，還要剝皮，抽筋，剔骨，最後，人都像是支離破碎，抖落不起，一抖落就要散了一地。這種靜謐的空氣有著凝固與復合的作用，它從四面八方柔軟，細密，無縫不入地託付著支撐著人，再一層層地將傷痕累累的人遮蔽起來。亭子間裡的「派對」是那種虛假和粗糙的繁榮，這時候的靜謐是細膩的，眞實的，可卻是裸著的，它說打破就可打破，它沒有僞裝和遮擋，極其脆弱。

他們有一天不知是誰起頭，唱起了三十年前的老歌。〈夜來香〉、〈四季歌〉、〈瘋狂世界〉、〈何日君再來〉。他們像是賽歌似的，一人一首地哼唱。每一支歌的後面，都是一幅圖畫。是鮮豔的傳奇的帶有「夜巴黎」香水氣息和康乃馨花束的圖畫。三十年前的上海的夜晚是多麼生氣勃勃又溫文爾雅，就像舞池裡的一個紳士和一個淑女，是正在熱戀中的紳士和淑女。他們黑色的燕尾服後襟和白色的裙裾飄舞著，揮灑著豔情和夢想。這些老歌溫暖著他們淒涼透了的心，這心裡已沒有什麼憧憬，只有一點恍惚的記憶。他們其實都是那種隔了玻璃櫥窗看人生的人，櫥窗是這城市特有的風景，流光溢彩，抓住了他們的心。

他們正一人一曲地哼歌，門突然推開，走進了張思蕊。她看看趙志國，又看看胡迪菁，冷笑一聲道：這樣的熱鬧啊，我能聽聽嗎？這兩人便有些窘，停了哼歌，嘴裡支吾著。張思蕊又說：我不能聽嗎？那我走。說走又不走，只站在門口。胡迪菁強笑著說：思蕊，你眞會開玩笑。張思蕊突然就收起笑容，緊著臉說：誰開玩笑？我從來不開玩笑，開玩笑的是你們。胡迪菁不由也沉下臉，說：張思蕊，你說「你們」、「你們」的，多難聽，這「你們」是指誰啊！張思蕊做出豁出去的樣子，明白無誤地說：「你們」就是你和他！胡迪菁倒笑了，不無陰冷地說：那你說說，「他」又是誰？張思蕊好像喝水噎了一下，隨即紅了眼圈：「他」就是他，趙志國！趙志國如坐針氈，走也不好，留也不好，笑也不好，惱也不好，只得含糊其辭道：別吵了，那麼晚了，睡覺去吧！張思蕊轉過頭，定定地看著他。趙志國教她看得心裡發毛，臉上勉強還掛著笑。張思蕊看了他有半分鐘，眼睛裡突然地浮起一層淚光，然後退出門去上樓了。趙志國心驚膽戰地回過頭，望著胡迪菁，流露出求助的神情。他張嘴想說什麼，胡迪菁卻做了個嚴厲制止的表情，她聲色俱厲地說了聲：回去睡覺，自己先一步走了。

第二天，張思蕊宣布她決定報名去安徽，說著就要去學校。一家人拖住她，問她是不是吃錯藥了，前些日子這樣逼著去都沒去，這幾天人家不逼了卻要自己送上門去。張思蕊蒼白著臉，先是不說話，然後就說，學校裡除了小兒麻痹後遺症或者先天性心臟病，人人都走了，她怎麼賴也賴不到底，一個人在家也沒什麼意思，她走了，姊姊張思葉興許還能分回來，說到這裡，便哭了。其他人也都有些愴然，想到一家人東一個西一個的，不知何年何月才能團圓。姆媽說：迪菁，你做大嫂嫂的勸她幾句，我也是沒有心力了，外面鬧是沒有辦法，自己再鬧就眞是退都沒處退了。說罷就回自己房間去了。胡迪菁心裡明白張思蕊要走的緣故，也明白她是最不合適說話的人，可婆婆這一說，她便不好不開口了。她心裡一團亂麻似的，嘴裡也不知說了些什麼。她看見，她一說話，張思蕊就乾了眼淚，露出冷笑的樣子。等她說完，張思蕊就說：大嫂嫂，你的心意我全領了，我曉得你沒有嫌多我，只是我自覺得是一個多出來的人。說罷又哭了起來。她這話教她大哥哥十分驚異，大睜著兩眼，張口結舌的。大妹小妹則在一邊偷笑，家裡出點亂子正中她們下懷，日子實在是太平淡了。胡迪菁一肚子的窩囊氣就出在了她們身上。她讓她們回房間去，她們執意不從，她就給了大妹一個嘴巴，大妹哭了。做父親的就來主持公道，問胡迪菁爲什麼這樣大的火氣，大妹並沒有做錯什麼。趁這邊烽煙突起，張思蕊便要奪門而去，到學校報名。小妹眼快手快，拉上門，將一窩人反鎖在裡面，胡迪菁又叫小妹開門。這局面眞是亂得可以，一波未平，一波又起。趙志國一直沒有說話，這時候實在看不下去了，走到張思蕊跟前說：你看家裡鬧成什麼樣子？爲什麼要存心和大家作對？張思蕊停止了抽泣，大家也都安靜下來。趙志國又說：你走不走並不是你一個人的事，是全家的事，要走也要和大家商量。他的口氣帶著兄長的親近和權威，他的表情還有一種無名的痛惜。張思蕊抬起眼睛，眼睛裡又是盈盈淚水，她說，好的，我不走。她又說，趙志國，你幫幫忙，我才能不走。趙志國只得點了點頭。

張思蕊平靜下來，她每日午後到亭子間裡，在桌上鋪開裁剪衣服，還向胡迪菁請教，就像什麼事情也沒發生過的一樣。趙志國有時也下來坐坐，大妹小妹便也來了，亭子間裡呈現出復興的氣象。這一回，大妹小妹成了主角，三個人大人都有些沉默，而且心不在焉，聽憑她們胡扯。她們說著種種學校裡馬路上的荒唐事，表演著宣傳隊裡那些四不像的歌舞。她們發現這幾天大人們的脾氣都格外好，也很耐心，看著她們胡鬧。她們還很是糾纏趙志國，將他的耳朵都揪紅了。她們都是很能抓住機會的孩子，並且今朝有酒今朝醉。她們想，今天是這樣，明天還不知是怎樣了呢，還不趕緊地樂一樂。這是生在亂世的孩子的特徵，他們一般都不去想明天的事，也不想昨天的事，他們只有今天。現實主義人生觀就是這樣產生的。她們把時代的氣息帶進了亭子間，驅散了懷舊的空氣。她們帶來的時代氣息有著瘋瘋癲癲的味道，還有荒誕的味道。最嚴肅的也是最無聊的，最正經的也是最玩笑的，最莊重的也是最輕佻的，這便是她們所攫取的時代精神。令人驚奇的是，她們在這個凋謝的城市裡卻如鮮花一樣盛開著。她們長得比她們的母親和姑姑都要美麗嬌豔。她們的美麗是有點粗魯但卻生機勃勃的美麗，就像那種肥沃的泥土中長出的碩大結實的植物。她們由於管束不力，加上在外面廝混的，學來一些切口似的語言，作派也有些流俗，她們給這個家庭注入一股新鮮卻粗野的空氣。相形之下，大人們便都顯得面色蒼白，身體孱弱，表情游離。

這一日，大妹小妹正盡情發揮，張思蕊忽然站起身，走到趙志國面前，微笑著說：趙志國，我請你跳個舞。趙志國有些吃驚，便遲疑了一下。張思蕊羞怯但固執地微笑著，向他伸著手。趙志國站起來時有些手忙腳亂，張思蕊卻堅定地將手搭在他的肩膀上，大妹和小妹在身後鼓起掌來。趙志國緊張之中竟忘了哼一首曲子，他們兩人就這樣沒有樂曲地走著舞步，徐徐迴旋。胡迪菁低著頭做一件女紅，她自始至終沒有抬頭，好像眼前什麼也沒有發生。大妹小妹被外面驟起的什麼事情吸引出去，亭子間只剩下他們。趙志國茫然無覺地踩著舞步，張思蕊的眼睛越過他的肩膀去到很遠的地方，胡迪菁低著頭，機械地穿針引線。西去的陽光，停留在後弄牆外長滿馬蘭頭的空地上。

9

趙志國決定去安徽看望張思葉。這決定是在匆忙之中作出的，昨天還沒說，今天就要走了。岳母聽他要去，有點歡喜又有點淒涼，她想這就像是去探監，路遠迢迢的。她讓胡迪菁連夜做點肉醬和燻魚，給張思葉帶去。胡迪菁煎著燻魚，趙志國坐在一邊看一本火車時刻表。亭子間裡油煙騰騰，油鍋嘩嘩喇喇地爆，這有一股溫暖和單純的日常氣氛，教人心中安定踏實。它使人想要一點一滴細水長流地生活。它是那種最不可少的基本生活細節，這細節充實了我們寂寥的身心，是使我們在無論多麼消沉的時日裡都可安然度過的保證。它像最平凡的水那樣，載起我們人生的渡船。胡迪菁一邊煎魚一邊囑咐趙志國路上小心，吃東西小心，與人交談也須小心。她又笑道：張思葉看見你不知道多麼高興呢！趙志國笑而不答。胡迪菁又道：你看見張思葉也不知道多麼高興呢！趙志國還是笑而不答。胡迪菁就追問一句：是不是啊？趙志國這才說：大嫂嫂見大哥哥才高興呢！胡迪菁說：我們老夫老妻的了。趙志國就說：大嫂嫂不必倚老賣老，你看上去和張思葉也差不了幾歲。胡迪菁說，趙志國你的嘴很會說，是這樣把張思葉騙到的嗎？話出口便覺得不妥，臉刷地紅了，幸好油煙遮著。趙志國也不說話，接著看時刻表。過了一會兒，胡迪菁說，你去睡吧，明天早上要趕火車。趙志國說，那怎麼可以，你是幫我做事，我應當奉陪到底。這回輪到胡迪菁不說話了。鍋裡的油因爲炸了太多的魚塊，變得混濁，並且爆得更激烈了。胡迪菁忽然想起很小的時候，過年在公用灶間做蛋餃的情景，一家一個小姑娘，一邊做蛋餃一邊嘰嘰喳喳，直到午夜。

第二天大家起來時，趙志國已經走了。這一天，大家都在計算趙志國到了哪裡，還有多久可見到張思葉，又想像張思葉的樣子，胖了還是瘦了。趙志國走的上午天還好好的，下午就陰了，傍晚時分，下起了雪珠。張思蕊聽雪珠沙沙地掃在窗戶上，眼前出現一列火車走在冰天雪地的曠野裡。她忽然生出一個奇怪的幻覺，乘在火車上行駛於冰天雪地之間的不是趙志國，而是她張思蕊。她張思蕊乘在火車上，將許多親人留在身後，這些親人哭泣著，眼看她越離越遠，其中就有一個趙志國。她想絕然離去是哀情的一筆，痛心的一筆，留下天長地久的綿綿愛恨。張思蕊爲自己的想像感動得潮了眼睛。她想，上山下鄉什麼都不好，只有這一筆是好的，浪漫的，豔情的。送別的一幕是收穫感情的一幕。天色漸暗，張思蕊看見窗戶上的面影，她心裡柔和地疼痛著。她想她這十七年來，什麼也沒有收穫到，時間就這麼白白地流逝。這十七歲是不會再來了，這眞是無可挽回的失去。她頓時非常想走，她想：走的那一刻會發生些什麼呢？這成了一個極富誘惑的懸想。這其實是她最後的爭取，她一無所有，只有一個訣別的場面，供她去做犧牲。這裡面還有一種自虐的心理，她好像要以迫害自己，來向人們報復。報復什麼呢？她也說不清楚，但這正是她心中最爲隱痛的東西。張思蕊獨自坐在雪天的暮色中，雪珠已變成輕飄的落地就化的雪片，天地間充滿了這種白色的冰涼的細屑，什麼都撕碎了似的。

10

火車向前行駛，景色越來越荒涼，後來又下起雪，趙志國就有被拋棄在空廓天地之間的心情。火車每停靠一站，他就要想一想，是到了什麼地方。他從車窗望出去，滿目陌生，好像到了另一個世界。車廂搖搖晃晃，催人入睡，然而到了接軌處，又「噹」地將人震醒。趙志國一會兒覺得走在人民大道，風迎面吹來，意氣奮發的樣子；一會兒又到了外灘，風也是迎面吹來，還有輪船的汽笛，身後殖民地時期的巨大建築，就像是一齣外國戲劇的布景；他還來到錦江飯店前的林蔭道，夏季的陽光從梧桐樹葉裡灑落在地；再後來，他走過一家熟食店，好像就是淮海路常熟路口的那一家，有燻烤的氣息撲鼻而來。他忽然睜開眼睛，看見車廂裡開了燈，窗戶一片漆黑，同座的人正在吃一隻燒雞。他嘴裡有一股寡淡的感覺，心裡也有股寡淡的感覺。有一串燈穿過車窗的黑暗，不露痕跡地過去了。他心裡忽然清朗起來，甚至明亮起來。他想張思葉，腦子裡浮現出來的卻是張思蕊。可無論張思葉還是張思蕊，都離他遠去了，在世界另一端似的。火車，還有旅途，就好像是一個眞空管，它將人從現實中提出來，密封起來。趙志國現在就在這個眞空管裡，可他好像不再是他，換了個人似的。它將原來的他，消化掉了似的。可是，什麼才是他呢？趙志國的思想玄妙起來，一些很空廓、大而無當的念頭在腦子裡東飄西蕩，這也是一種眞空現象吧。他想，做人到底是爲什麼呢？人生有什麼意思呢？昏然的睡意再一次襲來，趙志國又打起了瞌睡。這一回他沒有回上海，而是去了一個陌生的城市；這城市的街道和上海的街道一模一樣，可他知道這肯定不是上海；這城市也有黃浦江那樣的江，跑著輪船，卻是另一條江；他在街上走著，想買一點吃的，飯店和商店都關著門；他又渴又餓，還非常累，就想趕緊回上海去，可是火車站在哪裡呢？趙志國這一次醒來，車正停在一個小站，有人敲著玻璃窗說什麼，一句聽不見，估計是問有沒有空位。趙志國想沿途有多少小站啊！人們過著各自的生活，永遠不會見面。火車開過去，將這些分散的小站聯繫成一條旅途。火車又開了，這世界簡直無邊無際。旅途將時間放大，時間也是無窮無盡。趙志國就好像在接受一種眞空考驗，這種考驗的內容是將一切具體可感的東西抽去，只剩下時間和空間，使你與時空單獨相處。這時候，人什麼都沒有了，只有抽象的思想。這是一個抽象思想的好機會。人生實在是太具體了，它那樣忙碌紛繁，充滿細節。所有的細節又都尖銳地起著衝突，圍剿著我們。我們無法逃遁，苦惱得要命，苦惱又來謀殺我們。上海這城市的細節又是格外地繁多，它們是一日三頓之外再多加出的那一餐午點和夜宵；它們是衣服領口和袖口上增添的花邊與褶縐；它們是公共汽車或者電影院裡一觸即發然後轉瞬即逝的邂逅，就像愛情和婚姻的邊角料或者碎屑；它們還是許許多多的客套話和閒話，充塞在言歸正傳的冗長序曲，幕間，還有尾聲。它們是那種裝飾性，點綴性，累贅性質的細節，它們具有繁殖的功能，它們的增長是什麼力量也遏制不了的。它們就像汛期裡突然增多的水，能載舟亦能覆舟。趙志國是憑細節支持人生的現實中人，他還是那種很會製造細節的人，細節將他淹沒，使他陷於危險。趙志國這一趟出行，其實是他求生本能所匆匆選擇的一條逃遁之路。他並不清楚他在逃什麼，也不清楚他所去之處是否安全。這時候他有點像生活在原始山林裡的一隻警覺的兔子，聽見風吹草動，慌不擇路，拔腿就跑。他是靈敏度極高的那類人，有著過人的嗅覺，可辨別危險的氣息。但他缺乏判斷力，他永遠發現不了危險的根源。他被太多太具體的細節迷住了視線，陷住了身體，他無法作一個全局性的俯瞰性的觀望與了解，他就如古詩裡所說：不識盧山眞面目，只緣身在此山中。

現在，他走上旅途，蒼茫之感從中生起，他好像自己將自己放逐了。

11

張思葉就像變了一個人，她頭髮在腦後用橡皮筋紮了兩把，棉襖外面罩了件男式學生裝，套著袖套，腳上穿一雙軍用膠鞋，看上去像一個女中學生。她把趙志國安排住在男生宿舍，白天出工，晚上學習，八點以後才能在一起，九點卻就熄燈了。農場是勞改農場，管理幹部全是些沒有文化或犯了錯誤從部隊上下來的退役軍人，資歷老卻不得意，懷了複雜的心情。他們將大學生當成了勞改犯，紀律極其嚴格。趙志國是農場唯一的閒人，一清早，人們都出工去了，便剩下他自己。他拿張板凳，坐在宿舍門前的太陽地裡，冬日的太陽照著他，骨頭裡都感到了倦意。不能和張思葉在一起，並沒教他感到多麼沮喪。不必長時間地與張思葉單獨相處，反使他有微妙的輕鬆之感。雖然這事細想起來有點殘酷，也有點悲慘。張思葉每天學習完和他到了一起，說不出幾句話就掉眼淚，眼淚無聲地落在膝間的地上，也沒使趙志國有太大的觸動。有時他覺得，張思葉不像張思葉，他也不像他，兩個人似乎成了陌生人。坐在一起，並沒有太多的話說，無非是告訴張思葉此上海家中的情形，可說著說著又覺不好細說，便止了話頭。待要問張思葉這邊的情形，張思葉只一句話，你不是都看到了？倒是和張思葉的同學在一起，還熱鬧快活。他們是什麼都要問，什麼都感興趣，每日的天氣，馬路上的行人，「哈爾濱」的蛋糕，「稻香村」的鴨肫肝，一邊詢問一邊回憶，溫故而知新似的。趙志國好像給他們帶來上海的活的景觀，他們看見趙志國就很興奮，也很親切。他們說長道短的，說到後來，言語就不知道輕重，開始打趣趙志國和張思葉，並且愈見放肆。車間裡混過的趙志國倒沒什麼，只是擔心張思葉受不了，可偷眼望去，卻見她不驚不跳，安之若素。趙志國便不由地感嘆起來，他想唯這穩重大方才見得是眞正的高貴和文雅，心裡觸動了一下，但很快就過去了。這類玩笑開多了，同學們自己就覺著了不妥，心裡都說趙志國千里迢迢來看張思葉，卻不得不住男生宿舍裡，其中的辛酸是無法言說的，開這樣的玩笑，倒像是在嘲笑他們。於是便自覺地住嘴，不再說了。

農場的生活，艱苦還在其次，最不可忍受的是枯燥和紀律。趙志國待了兩天便感到了窒息。早上他在睡夢裡，耳邊就傳來出操的聲音，口令一聲一聲，粗暴，冷淡，專橫，像在吆喝什麼。夜晚熄燈以後，眞是叫作伸手不見五指。趙志國從來沒有領略過這樣徹頭徹尾密不透風的黑暗，他經過的黑暗都是有燈影和紗窗帘作裝飾的。白天睡多晚上就睡不著的趙志國，在這種濃度很高的黑暗裡頭翻來側去，聽著辛苦一天的學生們的鼾聲。黑暗就像一條被子，壓著他。他想，這才叫非人的生活呢！可張思葉卻也一天一天過了下來，並且保留住身心深處的高貴和文雅。他帶給張思葉的肉醬和燻魚，一餐就叫大家分食了。趙志國現在忽有些懊惱，後悔沒有悄悄留出一點給張思葉。他沒有想到張思葉竟能禁得起這些，言語間也沒太多的流露，她在想什麼呢？趙志國第一次有這樣的疑問，那就是「張思葉在想什麼」。張思葉生活在夢裡，那夢其實是像核桃的殼一樣的東西，如今這殼敲開了，仁蹦出來了，這仁是什麼樣的仁呢？

農場的幹部還很有靈感，經常產生出奇制勝的念頭。這是在趙志國臨走前的一天夜裡，不知是幾點了，總之連趙志國都已進入夢鄉，一聲尖銳的緊急集合號響起。在萬籟俱寂的深夜，聽起來簡直有點恐怖。趙志國幾乎是從床上跳了起來，燈光刺著眼睛，他看見人們都無聲迅速地穿衣起床，並且打起了背包。顯然他們對這種夜間突然襲擊已經相當習慣。幾乎是在轉眼之間，宿舍裡的人魚貫而出，一整個磚牆茅草頂的房子只剩下趙志國。電燈靜靜地亮著，所有床板都光著，被褥都打成背包給主人帶走了。趙志國就好像睡在一個荒棄的兵營，軍隊早已開拔。他再也睡不著了，就坐起來，幾十張雙層床向他投下柵欄般的影子，風在門外吹著。他忽然有點害怕，心跳著，他也開始迅速無聲地穿衣服，但不是被號聲催促，而是被他自己催促著。他想，他要去找他們，他們去了哪裡呢？他走出門外，一股風吹進他的脖頸，他不由地縮了一下。風是從腳底颳起的，有碎石、枯枝打著他的身子。他看見了月亮，在很高很高的天空，他想：月亮眞是亮啊！他覺得人變小了，也很怪，稍不留意就會丟失的樣子。他走出宿舍區，來到大路上。這時候他看見越過田壠的前面，有一塊亮處，並且傳來隱約的歌聲。他向那裡走去，他聽見頭頂上電流從高壓電線滋滋通過的聲音，田裡不知什麼莊稼的收割過的枯稈兒在無聲地搖動。他很好奇地想，他們在幹什麼呢？這樣一片荒郊野地，夜半時分，黑壓壓的一片人。他向前走去，手腳和臉頰都已麻木，風從四面八方捲裹著他，將他吹得搖搖晃晃。只一隻小動物突然從他腳下鑽出來，使他差點兒絆了一跤。這時候他看見田裡站立著的枯稈下面，有很多小動物奔跑著。夜晚的景色竟是這樣的！趙志國的夜晚是一個五光十色的玻璃器皿，而且是車料的，只不過這只玻璃器皿如今黯淡了，毛糙了，有了裂紋和缺口。這裡的夜晚是塊石頭，結實、堅硬、粗糲，落地有聲，永遠不會變形，永遠這樣。趙志國朝那亮著的方塊走去，漸漸走近，他聽見一陣耳熟的樂曲，並且看見了那亮塊上活動的人形。

夜間緊急集合，人們背著背包跑步來到田野的曬場上，然後席地而坐觀看黑白現代芭蕾舞劇《白毛女》。風把幕布吹得像一面海上的帆，人物便在上面扭曲著腰身，一律顯出很痛苦的樣子。趙志國是從幕布後邊走向前去的，他首先看見第一排的學生，他們把背包當板凳，坐在風中，臉色黧黑，神情嚴肅。趙志國不由受了震動，他停在那裡，站了有一分鐘的樣子，然後慢慢地走去。學生們橫豎成行，坐成一個方陣，屏幕上反射出的光影在他們臉上移動，他們看上去都有些相像，顯得嚴峻，莊重，受苦受難。趙志國想：張思葉在哪裡呢？這時就有個人過來，問他是誰，哪個連隊的。他茫然地看他，不知該怎麼回答，那人就有些惱怒，叫他過去，他便跟了過去。這時，又出來一個人，向先前那人解釋，說他是一名探隊的家屬。那人就叫他找個地方坐下，不要干擾行動。趙志國在場邊上坐下，就直接坐在了地上，並沒覺出涼意。屏幕上的人物動作都過分的誇張，尤其在這樣的夜晚，顯得有些怪誕。樂曲聲在曠野裡沒傳多遠便被吞沒，風聲卻無時不在，灌滿在天地之間。趙志國抬起頭，看見滿天的寒星，它們是細小的，卻尖銳地發著光。在這一時刻，趙志國變成了一個沒有過去的人，他所有的歷史都退隱在這黑夜和曠野之外，他什麼都想不起來了。他一個人離開方陣十來米，坐在冰涼的地上，心裡空空蕩蕩。

不知多少時間過去，簡直一整夜都已經過去，前面的方陣突然刷地升起，好像平地而出。屏幕暗了，樂曲停了，卻聽口令聲響起。方陣開始變化形狀，走成數人一排的隊伍。

趙志國趕緊站起來，腳已經麻了。他一拐一拐走著，隊伍小跑著從他身邊過去。他的腳恢復了知覺，卻疼痛得支持不住，他扭歪著臉走在隊伍的旁邊。許多陌生的臉從他面前過去，還有些熟悉的臉也從他面前過去。他忽然想哭，心被什麼打擊著似地發痛。他想，這眞是一個悲慘的夜晚，這一個夜晚眞是慘得沒法說。趙志國幾次被後面的學生推下路，他的一隻腳落到田裡，被什麼扎了一下。他一會兒走到路上，一會兒走到路下，耳邊全是沓沓的腳步聲，還有粗暴的口令聲。他覺得他好像不是走在天地之間，而是走在地獄裡，他們都是一群罪人，正在受罰的歷程。這時候，他忽然看見隊伍裡的張思葉，她和所有人一樣，背著四方四正的背包，和著口令邁動腳步，她的腳步聲融入了大家的腳步聲。月光下她的臉色很寧靜。趙志國的喉頭哽住了，口令聲在無邊無際的夜空一下子消散，腳步聲也消散，趙志國的靈魂好像出竅了，在曠野中隨風遊蕩。

第二天，張思葉請了一天假送趙志國去縣城搭車。進城的路有四十里，走也走不完似的。途中，沒有人的地方，張思葉將手伸進趙志國的臂彎，這樣挽著走路使他們覺著又回到了上海的街道。他還嗅到她頭髮上的檀香皀氣息，這也使他恍惚間回到上海。田野上這裡一棵那裡一棵立著孤零零的柏樹，在空無一物的天幕之前。他們一路無話，眼睛看著腳底走路，塵土將他們的鞋染成黃色的。他們有幾次在路邊歇腳，找一塊石頭，或者就坐在趙志國的旅行袋上。趕集的鄉下人從他們面前過去，拉著車或挑著擔，腳步急促地走遠，走遠，然後陡地消失，好像陷到地底下去了。他們走走停停，停停走走，直到下午才進城。縣城的長途車站充滿肩挑手提神色緊張的鄉下人，受著喝叱，擁來擠去地尋找要搭乘的車。所有的車都像是剛從前線回來，傷疤累累，風塵僕僕。臨上車時，張思葉對趙志國說了一句，這裡的事情回去不要對姆媽講。趙志國有點鼻酸，他想起了上海，還有上海的亭子間，心裡湧起一股無法言說的痛惜之感，他由衷地對張思葉說：張思葉，你眞是太苦了。原以爲張思葉會哭，不想她卻低頭笑了，好像一個孩子得到了一個大人的誇獎和激賞。她忽然抬起頭，表情認眞地說：趙志國，你眞是太好了！這句話說得趙志國眼淚都要出來了，他支吾幾句趕緊擠上車。張思葉對他本來就近似盲目崇拜，這一回他去探望，又在她的崇拜上添加了分量。車開出很遠，趙志國還看見張思葉站在那裡，她的臉龐模糊了，整個身體卻依然流露著虔誠的感激。最後，一陣塵土湧起，將她的身影淹沒了。

12

亭子間的午後使趙志國有一種洞中一日，世上千年的感覺。他坐在那裡，手中捧一杯茶，張思葉的農場就變成一個非現實的存在。可是，上海的亭子間也不像是現實。他竟不知道什麼才是現實了。他時常有恍惚之感，和家裡人說話，心卻在很遠的未名的地方。他還多出一種對什麼都好像無所謂的態度，甚至衣著修飾都有些馬虎，顯出點邋遢。張思蕊和胡迪菁心中暗暗地不滿。他去安徽的那些日子，她們生活的目的好像只剩下一個，就是等他回來。她們百無聊賴地度過一天又一天。她們之間還出現一種暫時的和諧，她們一起剪布裁衣，說東道西。寒流南下，天氣暴冷，她們就說：安徽那邊不知怎麼樣呢。她們有時候還說：也不曉得趙志國有沒有找著張思葉。她們人沒出家門，心卻早已飛了出去。趙志國走了不到一個星期，她們的等待倒要比一個星期還要長。而她們怎麼也沒料到等回來的是一個無喜亦無悲的趙志國，好像是個人殼，裡面七魂六魄都沒了。她們心中的失望與不滿，是以嘲笑的口氣表示的。她們說，趙志國就好像丟了通靈寶玉的賈寶玉，說罷，就笑。她們又說，安徽那地方眞是去不得，一個趙志國去了一星期變成這樣，張思葉回來不知要變成什麼樣了。她們有時候還當面逗趙志國開心，趙志國不知是眞聽不懂，還是假聽不懂，並不太理會，平日裡的如簧巧舌這會兒全沒了。後來，她們認爲趙志國是有意對她們冷淡，便感到了氣憤。她們倆就像比賽似地，一個比一個傲慢，趙志國從鼻子前經過當作看不見，逕直走過去，趙志國有時要問她們什麼也愛理不理。而趙志國似乎也無所知覺，依然故我。過了那麼幾天，她們不由都洩了氣，自己也覺出沒意思，就又開始搭理趙志國，並且問長問短的。

上海的亭子間裡的生活是一個大染缸，它是那種滲透肌膚的生活，它慢慢地，悄無聲息地侵蝕著你。亭子間裡的生活是具體的生活，吃飯，穿衣，睡覺，再有幾個曖昧不明的小手勢。它是可視可聽可觸可感日常化的生活，它們具有無限膨脹的特性，占據了所有的空間，不留一絲縫隙。它們帶有一種霸權主義的，壟斷一整個人生，一點不好商量。趙志國在這亭子間裡，就好像在走一條看不見的隧道，他的靈魂正在從無邊的曠野往回趕，要趕到這個有四面牆有燈亮的房間裡來，與他的身軀作會合。上海的生活在對他作耐心的，溫存的，一點一滴的召喚，將他拋空了的心再一點點地填滿。這裡的每一件事情都是那樣富於情調，富於人生的涵義：一盤切成細絲的蘿蔔絲，再放上一撮蔥的細末，澆上一勺熱油，便有輕而熱烈的聲響嗞啦啦地升起。即便是一塊最粗俗的紅腐乳，都要撒上白糖，滴上麻油。油條是剪碎在細瓷碗裡，有調稀的花生醬作佐料。它把人生的日常需求雕琢至精妙的極處，使它變成一個藝術。主婦們擇菜是一個典型的情景，尤其是擇那種名叫「草頭」的蔬菜，那樣細碎如羊齒的草葉，一株一株地摘去老葉，留下嫩葉，這帶有修身養性的意味。上海的生活就是這樣將人生、藝術、修養全都日常化，具體化，它籠罩了你，使你走不出去。趙志國在亭子間裡茫然許久，一切都起心地熟悉，又起心地陌生。每一件小事都在他心裡敲擊一下，響起回聲。像趙志國這樣領略上海生活精髓的人，他對每一個召喚都本能地起著反應。當他有一天就像夢遊者一樣走上曬台，他穿過薄肖的夜幕，看見遠處俄式建築頂上的紅星，他忽然間熱淚盈眶。他想起那裡原是哈同花園的舊址，「哈同」這名字帶有上海這城市起源的味道，還帶有上海傳奇的味道。他想這城市衰敗到了這樣，卻還那麼情義綿綿，空氣都令人銷魂。他這會兒看見了這城市上方浮動著微明的市光，這是這不夜之城最後的微弱的餘光，是光的餘燼飄散在空中。他就像一個大夢初醒的人，睡意還未過去，卻頭腦清明，樣樣覺得新鮮和親切。他還需要一些時間，最好是有一個契機，最後地敲擊他一下，以使他重新振作起來。這個契機很快就來臨了，是張思蕊一手創造的。

張思蕊再次發難地，宣布她要去東北的吉林省插隊。她這一回是眞要走了，已經去學校正式報名，在她宣布的第二天，學校裡敲鑼打鼓上門貼了喜報。張思蕊等這一天其實已等了許久，她本想等趙志國一回來就行動起來，好像要送他一個禮物，這禮物的名字叫作「打擊」。可趙志國回來時那樣心不在焉，什麼事都注意不到，她生怕糟蹋了這件好禮物，好禮物應當在好時候送上。她按捺下來等待著趙志國睡醒。這段日子她心裡止不住地又失望又惱怒，還有一種前功盡棄的心情。她沒少在趙志國面前冷嘲熱諷，也給過他幾個釘子碰，可後來她只得依賴時間。她耐心下來，還有點慶幸不必這樣快地宣布決定。她知道這決定不是玩的，說走就眞的要走。想到走她心裡又激動又傷感，還有點恐懼。設想訣別的過程越長越好，訣別眞地來臨便轉瞬即逝，不可逆轉。這時候，張思蕊就好像用自己的人生作代價去設計一齣戲劇。她的犧牲越是慘重，她越是如願以償。這幾日，她表現得很克制，家裡也很平靜，時間像河水一樣流淌過去。張思蕊沉下心，便看出趙志國魂兮歸來。她看見他對生活又有了興致，衣著整潔，自行車擦得鋥亮，飯桌上也漸漸話多。他曾帶大妹小妹去了一次城隍廟，大妹小妹是亭子間人際關係的潤滑劑。他們去過回來說的新聞歷見，簡直笑死人。趙志國談笑風生，往日的意趣又回到眼前。這一天夜裡，她聽見他在曬台上吹口哨，吹一支舊歌。那口哨聲在靜夜裡，有點快樂，有點憂傷，還有點躍躍然。她站在樓梯口，眼睛裡噙著淚，心裡說：這才是趙志國啊！這就是趙志國啊！她不知道她為什麼那樣難過，難過得就像刀鉸一樣。她這個十七歲的年月，怎麼總也過不完，人已經過老了卻還沒有過完。這時候，她決定要走的念頭裡還帶有一層亮相的意思，但這亮相不是在上場的時候，而是在下場的時候，其中不無悲涼之處。女校出來的學生都有些瘋狂，在異性的問題上她們容易孤注一擲，因為她們機會不多。對趙志國，張思蕊時常有痛徹心肺的感覺，她眞是日裡想夜裡也想，這且又是不能說不能講的事情，只有兩心相知，心有靈犀一點通。她的一喜一嗔，其實全是因為趙志國，可趙志國知道多少呢？她想著這些便黯然神傷，走回了自己的房間。

光榮喜報貼在了門上，這事便鐵板釘釘，改變不了似的。大家只當是趙志國不在的幾日裡，學校又對張思蕊施加了壓力，只能報名了。這個家庭因為屢受打擊而有點麻木了，並沒有為張思蕊的走引起太大的震動。哭一場是難免的，但立即從傷感的氣氛中擺脫出來，積極為張思蕊操辦行裝，並且四處打聽吉林究竟是個什麼地方，趙志國自然又是主力軍。張思蕊的走對趙志國確實是當頭一棒，他猛醒到事情還沒完，要完還早得很呢。他知道這不會出於學校的壓力，學校那頭他自信疏通得還可以，不至於在他離開僅僅一周內發生大變故。他只需想想上一次張思蕊鬧著要走的前因後果，便可推出這次走的原委。他只是沒想到她說走就眞地走了。他不知道是這家女兒的任性，還是魄力，這兩樣他都佩服。他無話可說，只有埋頭做事。於是他就分外賣力，自行車滿街轉，買東西，辦手續，遷戶口，最後託運行李。運行李這天，是張思蕊和趙志國一起去的，將行李卸在貨站台一個臨時搭的大棚裡，兩人都一同回去了。張思蕊坐在黃魚車上，趙志國則在前邊踏車。車騎上共和新路的旱橋，天似乎陡地升高了，空廓廓的，趙志國生出一點蒼涼的心情。他奮力踩著車子，覺著了做人的艱難。騎了一會兒，張思蕊在身後忽然說：趙志國，我都要走了，你還不對我說幾句話嗎？趙志國強笑一下說：沒有把你留住在上海，是我做得不夠。張思蕊笑著問：你哪一點做得不夠呢？趙志國停了一會回答：我沒有把你們工宣隊的工作做到家。張思蕊便冷笑一聲：做到家怎麼，不做到家又怎麼？趙志國感到這個問題不好回答，就不說話。張思蕊卻聲音尖銳地叫起來：你說呀！趙志國惱怒地想，自己倒眞成她的什麼人了，就越加不理睬她。張思蕊跺著車板一定要他回答，一路的人都在看，張思蕊已經豁出去了。趙志國跳下車座，回過身子，說：你要我說什麼？張思蕊倒不由地一愣，然後，雙手蒙臉哭了。趙志國重又翻身上車，一腳一腳向家騎去。張思蕊的哭泣聲傳進他的耳朵，他不勸她也不回頭，心裡可憐她，也可憐自己，迎面過來的路人，也個個可憐。他騎了一陣，等身後的抽泣漸漸平息，才鄭重其事地說：出門在外，樣樣事情要三思而行，好自爲之，這就是你走，我要對你說的話。張思蕊聽了這話，眼淚又下來了。

現在，張思蕊將自己的前程賠進去而換來的戲劇，還剩最後的壓軸的一幕了，那就是車站的分別。車站總是演出人間哀情的好地方，有好萊塢的味道。張思蕊渴望做一回悲劇裡的女主角，眼看著就要實現。這一日逐漸近來，張思蕊的緊張和激動掩蓋了即將離家去處茫茫的恐懼擔憂。她無數次地在心裡預演這一幕，男主角就是趙志國。越臨近這日子，她越是焦躁不安，她無緣無故地發脾氣，或者出奇地亢奮。她無數遍地問自己：趙志國會怎麼樣？趙志國會傷心落淚嗎？她想，告別時人人都要握手，趙志國至少要與她握一握手。握手這事情嚴肅又莊重，卻是眞正的肌膚之親。她這十七年裡沒有和任何人握過手，更何況一個異性，手貼手就像是心貼心。張思蕊想像這一個握手運用了她所有的哀情故事，她想，一個在車上，一個在車下，就好像咫尺天涯，手拉手轉瞬卻天各一方。張思蕊想像這分別心都想痛幾回，她想有了這一個握手，她可說是青春無悔。走的前一天夜晚，她久久睡不著，她悄悄來到亭子間，拉亮了燈。爛熟於心的景物撲向眼前，她忽然感到往事如煙，惆悵滿懷。亭子間裡的午後歷歷經過，她好像又看到落日的光輝越過牆頭到了那邊空地，空地上長了馬蘭頭。惜別之情這時候洶湧而起，使她忘記了明天將來臨的握別時刻。她回想起這一個亭子間原先是堆放雜物的一間，從來不進去；後來作了灶間和客堂，一天來幾回。他們在這裡度過多少時光，有快樂的也有不快樂的，有怨艾的也有不怨艾的。她在門口站著，手裡拽著開關的拉線，就這樣靜默了一刻，又拉滅了燈，一切盡都消失。

第二天，從早上就開始忙亂，爲張思蕊準備一頓送行的午餐，並且要提早開飯。張思蕊十二點就要去學校集合，開歡送大會，戴光榮花，然後坐車遊街。火車是五點離站，但送行的家屬則須早早出發，趕在交通管制之前到車站。遊街一旦開始，交通便逐段逐片地停止。這些日子是交通時斷時續的日子，街上經常走過歌聲飛揚的彩車，一經過去，那寂靜便是加倍的。飯燒好，菜燒好，大家圍了桌子坐下，卻誰也吃不下，象徵性地塡上幾口，張思蕊就要走了。她背一個黃書包，脖子上繫一頂草帽，就這樣出了家門。家裡人要送她去學校，她卻不讓，說還是準備準備去車站，然後一個人走進了後弄。全家人都站在門口目送她，她走幾步還回過頭微笑了一下說道：你們快去車站。她腳步輕鬆，心情愉快，好像不是去吉林插隊，而是去赴約會。背上的草帽隨了她的步履一盪一盪，好像一個跳「豐收舞」的小女孩。趙志國和胡迪菁看著她的背影在拐彎處倏忽消失，不覺生出愧疚般的心情。他們互相有點不敢對視，莫名地感到自慚形穢。他們立即行動起來，積極地安排籌措去車站送行。趙志國和老大騎自行車去，胡迪菁領著大妹小妹乘坐公共汽車。他們各自都在路上買了零食、點心和水果，懷了補償什麼的心情。火車站人山人海的，每個站台上都是人，喇叭裡放著豪邁的歌曲，震耳欲聾。有一列火車就要開了，車上的人朝車下伸著手，車下的人朝車上伸著手，兩邊互相喊著，不停地拉手。雖然知道張思蕊是五點時分發車，可看到這情景卻止不住地有點著急，好像張思蕊馬上要走了似的。趙志國他們顧不上在說好的地方等著和胡迪菁母女碰頭，在人群裡擠來擠去問是哪個學校的，又是去哪裡。人們的回答奇怪地千差萬別，對此局面連社會經驗豐富的趙志國都有些束手無措，不知該怎麼辦。後來找到一個車站的工人打聽，那師傅說，五點鐘的車還早著呢，在此之前站台還要發好幾列其他車次才可輪到。他們這才略略放下心來，回頭去找胡迪菁。胡迪菁她們三個正踮起腳伸長脖子四處張望，臉上的表情也是焦急難耐。待到看見他們，先是大鬆一口氣，然後就開始埋怨。他們看看時間還不到兩點，除了等待也別無他法。火車站的氣象總是嘈雜，混亂擁擠，人潮湧動，待久了教人疲憊又煩躁。他們開始時的激動和緊張在等待中漸漸消耗，就像一個皮球洩了氣。他們默默無言，心裡黯淡，看著眼前近乎狂躁的人流，機械地作著躲避。大妹小妹倒是興致不減，她們開始蠶食買給張思蕊的東西，又跑來跑去地找熱鬧看，看了就回來報告。開始，胡迪菁還阻止她們亂跑，生怕走散，可後來一是沒心勁管束，二是她們也不時帶回一些消息，就也隨她們去了。時間就這麼一點一點過去。趙志國的眼睛定住一個方向，長久不動，胡迪菁對自己說：他在想什麼呢？她想，他還眞是難過了不成？於是便不由冷笑了。心裡原有的一股莫名的歉疚，這時候就像退潮一樣退去。她想：這麼多人都在走，難道唯獨一個張思蕊不能走？她明知不是卻故意地這樣想：張思葉走他都不難過，張思蕊他倒難過！由於負氣，也由於無聊，她也開始和大妹小妹一起分食買給張思蕊的東西。時間已到了四點，卻還聽不見去吉林的車次廣播進站。車站上的混亂是一陣陣的，平息一陣又掀起一陣。這時候，最爲洶湧的一陣來臨了，一眼望過去，好像萬頭攢動。他們派大妹小妹去打聽，也沒打聽到什麼。就只得親自出去，問來的消息卻叫他們出了一頭冷汗，說是去吉林的車並不在這裡發車。他們實在不知道除了從這裡發車以外還能到什麼地方發車，他們也弄不懂這裡有這麼多火車出發爲什麼偏偏沒有一列去吉林的。後來有一個旅客提醒他們，也許吉林並不是所發車的終點，只是經過的一個中途站，比如去三棵樹的，大約就是這個時間發車。他們聽了恍然大悟，趕緊謝過那人去找開往三棵樹的火車。去往三棵樹的站台卻出奇的安靜，旅客們坐在車上，與車下寥寥幾個送行的平靜地說話。他們茫然地站在那裡，只聽一聲哨響，火車動了。這時他們全亂了方寸，就像一群無頭蒼蠅，從這條站台走向那條站台，在鋪天蓋地的人群中漫無目的地擠來擠去，甚至還大聲喊著張思蕊的名字。大妹小妹哭了。這場景有種特別悲慘的味道，首先震動了孩子的心。她們一邊哭一邊喊著「小娘娘」，她們忽然感受到生離死別的絕望。這半天所有的熱鬧和快樂消散得無影無蹤。她們手拉著手，唯恐被人群擠散，她們哭著喊著就像兩個迷路的孩子，胡迪菁也流下了眼淚。

張思蕊坐在火車上，看著車下送行人們哭著喊著。這是在上海北郊的貨車站，沒有站台，人們站在碎石路基上，與車上的人相隔很遠。沒有高音喇叭播放歌曲，就顯得有點寂寥，連哭喊的人都沒了情緒。火車開動的一瞬也很平靜，沒有掀起山呼海嘯的熱潮。火車開過一排灰色的水泥貨倉，遠處的市區已亮起星星點點燈光，然後就駛上郊外的田野。

13

這段日子裡，趙志國和胡迪菁不大說話，他們有點難堪似的，互相迴避照面。張思蕊不在卻比在的影響強大，處處有她的影子。這時節，趙志國已經回廠上班，每天早出晚歸。大妹小妹也回學校去響應復課鬧革命。姆媽總是不出房門，家裡似乎只有胡迪菁一個人了。她走上走下，有一種飛鳥各奔林的感覺，還有不堪回首的感覺。她覺得不堪回首的東西似乎越來越多，做人就好像在積累起不堪回首。可是不回首又怎麼樣？將來沒有，現在是瑣瑣細細，點點滴滴，只有過去是組織成章，有頭無尾，成其爲故事的。她想過日子好像不是爲了過的，而專爲了回頭去看的。這使胡迪菁悲傷，人生變成一場漫長的憑弔似的。胡迪菁不是夢幻中人，她既不像張思葉生活在夢裡，也不像張思蕊會去犧牲自己創造夢幻，她是要創造現實的人。作夢和回首只是她人生的佐餐之物，她的正餐是不折不扣的現實。當正餐吃不飽的時候，她也可以聊勝於無地吃些別的，可終究是蒙混不過去的。胡迪菁作夢不是爲了逃避現實，而正是爲了培養迎接現實的勇氣，帶有休養生息的味道。她將在現實中碰碎碰散的信心勇氣一點一點聚攏來，凝固成形。胡迪菁還和趙志國不同。雖然都是現實中人，都有創造現實的理想，可趙志國的勇氣和信心是易碎的，是像玻璃那樣，硬度很高，可是很脆，禁不起打擊。而且還是鋼化玻璃，要壓不碎，碎就是粉碎，沒有一塊還可以重新裁齊了湊合用的。胡迪菁的勇氣和信心卻是像蒲草那樣，貌似軟弱，卻極其柔韌，可屈可伸，百折不撓。在這些別人上班上學，胡迪菁一人在家的日子裡，胡迪菁回憶著往事，沉浸在過往的歲月裡。過往的歲月就像一味甘苦俱全的良藥，修補著她身心的虧損。那些最不堪的情狀，也爲她一個個地攻克，而最終平息。

胡迪菁平靜下來，她開始過一個很有規律有益於健康的生活。她每天清早去買菜，然後用飯盒買三分錢豆漿，回到家時，大人孩子差不多都走了，她熱過豆漿慢慢地喝了。這時候太陽很清新地照進朝南的房間，她就幹一些家務。中午，兩個男人都不回家，就她和婆婆，兩個孩子，將前一天的剩菜熱了吃。下午三點鐘，她開始擇菜淘米，切的切，洗的洗，下班的人一進門，她就開了油鍋，這邊，飯鍋也煮沸了。日常的勞動，也是可以修補身心的東西。它是那種煨藥的細火，漸漸地藥香滿屋，沁入肺腑，瘡痍漸平，元氣漸復。她甚至又有了做女紅的興趣，從箱底翻出兩條舊西裝褲，調頭翻身，給大妹小妹各改一條。聽著剪刀清脆地剪響，胡迪菁心裡幾乎是快樂的了。這是一個平靜的時期，沒有好消息，也沒有壞消息，生活憑藉慣性向前滑行。有的晚上，胡迪菁在亭子間裡做女紅，人們也會聚攏來說一些閒話，然後再散去。連趙志國也恢復了常態，有說也有笑的。只是在張思蕊第一封信到的時候，他尷尬地沉默了一下。等大妹念給祖母聽，他裝作幹別的，其實卻豎起了耳朵。信裡只說了一般的情況，多少人一個集體戶，住什麼樣的房子，做什麼樣的勞動，還有吃的睡的一些瑣事，最後問候了家中所有人，唯獨沒問趙志國。趙志國心裡鬆了一口氣，好像一件難以過關的事終於過去了。但當聽大妹說，這封信從寄出至收到一共用了八天的時候，又陡地沉重起來。之後，只要岳母囑他爲張思蕊辦事，比如買什麼寄什麼，他都很積極地去辦，從不說一句推辭的話。

有一天晚上，胡迪菁洗了些東西，拿到曬台上去晾，見黑影地裡站著趙志國，就問他怎麼不睡，一個人在這裡幹什麼。趙志國說屋裡有點氣悶，出來呼吸一點新鮮空氣，兩人就沒再說話。胡迪菁一件一件地晾著東西，再用木夾子夾好。一切完畢，她正要走，卻聽趙志國說了句：這上海的夜晚也是漆黑一片了。胡迪菁倒好笑起來，問道：哪裡的夜晚是一片明亮的？趙志國嘆了口氣說：你不明白我的意思。胡迪菁冷笑一聲：我很明白你的意思。這回輪到趙志國問了：大嫂嫂你說我是什麼意思？胡迪菁又一聲冷笑：我說出來怕你不敢聽。趙志國不由地心虛起來，就有點往回縮，嘴上還硬著：我有什麼不敢聽？胡迪菁就逼上一句：那我說了！趙志國不出聲了，胡迪菁才不說，停了一會兒，則嘆口氣道：我說趙志國，這世間的事情有許多是陰差陽錯，不是件件都可以追溯責任的，眼開眼閉地過去就算了，何必苦惱自己？這話說到趙志國心裡去了，他感激地回過頭來，看著黑暗中的胡迪菁，微微顫抖了聲音：大嫂嫂，你眞是理解我的。胡迪菁也不由受了感動，她想說些推辭的話，一想又不知該推辭些什麼，就什麼也沒說。兩人靜默地站著，彼此忽然覺著很了解，也很信賴，心裡有一種輕鬆和愉悅，這是一種從肩上卸下重負的心情，微微還有點鼻酸。

14

趙志國再沒想到，胡迪菁能看透他的心，並且爲他開脫。他想起過去對胡迪菁曾有過的敵意，全是小肚雞腸。亭子間就像一個縮小的世道，經歷滄海桑田。趙志國已有了創傷，他比以往任何時候都需要理解。理解其實是一個巨大的安慰，它意謂著同情和同感的建立，可使人免受自我譴責的煎熬。曬台上，胡迪菁的話幾乎使趙志國感激涕零，他沒有發現胡迪菁爲他開脫的時候也爲自己作了開脫。但那晚上理解與同情的氣氛確是眞實的，這也是我們人生中最寶貴的片刻之一。趙志國從此就與胡迪菁和睦起來，這是眞正的和睦，它看上去很平淡，也很樸素，沒有什麼熱鬧場面，可它卻流動著眞實的情感。晚上，大家聚首在亭子間的燈下，談些最瑣細平常的話題，沒有人企圖作危言聳聽，也沒有人企圖充當主角，沒有刻意的努力，有時卻能產生出眞正的風趣，大家便會意地出自內心地笑了。這種氣氛甚至有時候吸引姆媽下來，也來說點陳年老事。那是像封缸多年的老酒似的話題，有醇厚和安寧的氣息。它和那些浮華往事不同，它不會教人心緒騷動，感時傷懷，它含有曠達與認知的平和寬度。這種氣氛眞是好，就好像要有喜事來臨。這些夜晚還帶有相濡以沫的哀婉溫情，就好像劫後餘生的幾個人，不由地抱成了一團。

趙志國每天傍晚，騎著自行車接近這弄堂的時候，心裡有溫暖的感情生起。這弄堂不再像他初來時那麼荒蕪和淒涼。他知道在這些緊閉的窗帘後面，有著一些小心翼翼如驚弓之鳥卻不乏興味的人生。有時他駛進後弄時故意弄出點鈴聲，鈴聲打破寂靜。黃昏時分總是有一股按捺和掩飾住的活躍，各家灶間有油鍋爆響的聲音，門開門關也比較頻繁。這裡的生活像一條河底的潛流，暗暗地，悄悄地，壓抑住動靜地向前奔流。趙志國走近家門，還會有點感動，那扇緊閉的後門好像對他流露出等待的神情。他止不住三步並作兩步地上樓，飯菜的香氣撲鼻而來。大妹小妹正擺碗筷，見他進來就叫「趙志國回來了」。胡迪菁則說一句，洗手吃飯，這話使趙志國頓時成了個小男孩，在大人的呵護下。煤氣灶前忙碌的胡迪菁有親近之感，飯菜的熱氣罩著她，她看上去很柔和，經她擺弄過的一切都那麼妥帖和舒服。趙志國想：這個家沒有張思葉，張思蕊都行，卻不能沒有胡迪菁。他這麼想，完全沒有一點不好的念頭，心底裡很純潔。有時，他無所顧忌地在亭子間停留很晚，和胡迪菁說東道西。

有一次，他說起了他的童年時代。他說他和父親去大舞台看海派京劇《七俠五義》，機關布景令他瞠目結舌，俠士們在舞台上空飛來飛去，像鳥兒一樣。他激動難耐，到學校裡說個不休。其時班上有個同學，是個機器廠老闆的兒子，也是那天去看的《七俠五義》。兩人就互問坐在幾排幾座，怎麼沒有碰面。那孩子說是坐在前三排正中，他卻坐十八排靠邊。那孩子就哎喲一聲叫道，坐這樣後邊能看出什麼！他先是不作聲，然後才說，坐前邊有坐前邊的缺點，比如說那吊人的鐵索看得一清二楚，人豈不就不像在飛了嗎？那飛行俠還叫什麼飛行俠呢？這話把那孩子說得一愣，可再一想，發現了這話裡的破綻，就頗為得意地說：你既是知道有那吊人的鐵索，不就是說在十八排也看得見嗎？你的飛行俠不也是個冒牌貨了？這故事說完，趙志國和胡迪菁都笑了。胡迪菁便也說了一個小時候的故事，說的是和女同學冒雨在舞台後台口，等看越劇明星戚雅仙。等了半天也沒見她出來，後來才知她是化了男裝出來，這時候早到家吃宵夜了。這些雜事是他們從未提起過的，這是小家小戶的往事，屬於這城市石庫門弄堂或沿街房屋裡的往事，帶有香菸牌子和月份牌上美人的氣息，還有雙妹牌生髮油和花露水的味道。這也是往事一種，並且是更有人情味也更性感的往事，它有一種貼膚的感覺，它是剝了殼吹去了衣肉仁似的往事，是有煙火氣有刷洗油膩的鹼水痕跡有滅白蟻的六六粉氣味的往事。沉浸在這樣的往事裡，趙志國和胡迪菁都有回家的心情，他們輕鬆，快樂，還隱隱作痛。他們笑著，對視著，漸漸地眼睛裡都有了層淚光般濛濛發亮的東西。這本是他們互為防範的一道堤壩，如今堤壩推平了。從此，他們反倒變得無話可說，他們不需說太多的話，一切都盡可了解似的。他們各自都有要忙的事情，甚至見面也少了。有時候，趙志國打個傳呼電話說要加班，就不回來吃晚飯了。飯桌上少一個人，也並沒什麼。而在他連續加班幾日以後再準時到家，大人孩子卻都加倍地高興，互相告訴：趙志國回來了。胡迪菁也說：趙志國回來了。他坐在飯桌前，心裡暖融融的。

15

有時候，和睦的日常空氣也會欺騙我們自己，它掩飾了一些眞相。它讓我們覺得，一切都很正常，一切都很對頭。它是很有滋養的潤濕的空氣，在培育秧苗的同時，有毒的野草也漫生漫長起來。

後來有一日，趙志國生病了，病毒性感冒，每日高燒，早上退一點，中午又起來了。大家都囑他不要起床，飯就送到他房間吃。中午，胡迪菁先和婆婆、大妹小妹吃了飯，然後再另外給他燒了粥，剝了皮蛋，再切些榨菜，放一個托盤送上去。趙志國一覺還沒醒，輕輕打著鼾。胡迪菁想叫醒他卻有點不忍，要退出去卻又站住了。她看著他側著的輪廓，「馬龍・白蘭度」這名字又湧上心頭。她輕輕退出房間，回到亭子間，將托盤放下，然後坐在旁邊。她看著那碗粥漸漸結起透明的膜，還看出皮蛋裡冰霜般的松花。她聽見有人叫她「大嫂嫂」，一抬頭，趙志國站在門口，頭髮有點蓬亂，有幾綹垂在額上，棉襖只紐了三個扣子，領口敞著。他說，大嫂嫂，你們吃過飯了嗎？胡迪菁趕緊讓他回房間，她這就把粥熱一熱。趙志國沒回去，在桌邊坐下來，看她熱粥。胡迪菁把粥倒回鍋裡，點了火，粥卻焦了底，趕緊把火關小，已有了股焦糊味。粥熱畢，她就坐在一邊看趙志國吃飯。趙志國有點絮叨地說，今天覺得好些了，頭不那麼痛，鼻不那麼塞，還想吃東西，想必就要好了。他吃完粥，胡迪菁讓他回房間睡覺，他還不去，說想坐坐，就坐在那裡看胡迪菁用滾水燙了花生，一個個地去衣。這天的陽光特別充足，它好像能夠穿透障礙物，使朝北的房間都充滿明朗的光線。這是初春裡典型的午後，暖洋洋的，陽光像水銀一樣在空氣中流淌，也是感冒流行的季節。他們各自在心裡搜尋話題，一時搜尋不到就有些著急，越急越搜尋不到，好不容易搜到一句，卻又是同時張嘴，等他們相互謙讓過後，又忘了方才要說的是什麼。空氣有點凝結，有一股緊張不安的情緒在攪拌，將空氣攪得黏稠起來。

過了一會兒，胡迪菁說：不曉得張思葉什麼時候回來。趙志國沒說話。胡迪菁就又說：你們夫妻雖說做了一年，在一起卻是一個月也沒有呢！她滿心想表示同情，可話裡卻透露出一種試探的味道，連她自己都有些不自然。這回，趙志國說話了，他說：世道如此，夫妻之道又如何呢？這話聽起來有點深刻，還有點懷抱，實際上只是含糊其辭，蒙混過關的說法。胡迪菁當然聽出來了，笑而不語。趙志國問她笑什麼，她不說。趙志國再問，她就說是笑他裝假，其實是急得熱鍋上螞蟻一般。這話說罷，胡迪菁就有點紅臉，自覺輕薄了。趙志國卻萬分認眞地辯解道：沒有這樣的事，他甚至坦白說他去安徽農場，都是與張思葉各住男女宿舍。他這話也說得露骨了，胡迪菁惱怒道：我管你們這些事！停了一會兒，她說：張思葉卻不知道是在怎麼樣想你呢。趙志國聽了就好像來不及要撇清什麼似的，說：這我就不知道了。胡迪菁卻還逼緊地說：你怎麼會不知道？難道倒是我知道？趙志國還是說不知道，這回卻有點嘻皮笑臉的。胡迪菁正色道：說來也是造孽，張家這樣的女兒，放在過去，就像是星星追月亮一般，如今卻掉過頭來追星星了。這話說得趙志國有點不自在，可因爲有了前段時間的互相理解作底，卻也沒哽住，而是連肉帶刺一口吞進了。胡迪菁忽然興奮起來，她將泡了花生米的碗一推，雙手托腮地往前傾了傾：你倒說說看，當時是你追張思葉，還是張思葉追你的？趙志國感到了這個問題的棘手，不敢輕易作答，就說要回房睡覺去了。胡迪菁卻不讓走，說看你的樣子已經退盡燒了，不必再多睡的。趙志國一摸額頭，果然燒已退了，這會兒他倒把生病的事忘得乾乾淨淨了。胡迪菁說，你這樣不肯回答就說明是你追求張家大小姐的。趙志國立即否認，很冤枉的樣子。胡迪菁就趕了一句：那麼是張思葉追求你大公子的？趙志國也還是否認，口氣卻軟弱了許多，像是承認的意思。胡迪菁嘆口氣說：你們男人都那麼滑頭，女人何苦要癡心呢！趙志國一下子逮住她的話柄，發起了反攻：大嫂嫂的癡心，大哥哥可是對得起的啊！胡迪菁先是笑，然後眼睛黯了黯，依舊拿過花生碗來去衣，趙志國便趁機回自己房間去了。

趙志國回到房間，有點心跳，他覺得方才與胡迪菁的一問一答，不像是出於自己的本意，可確是出自他親口，心裡有些懊喪似的，還暗暗覺著有點對不起張思葉。可是卻又不知是什麼在鼓盪著他的心，使他很興奮。方才那場舌戰般的對話其實全是表面文章，底下是另一番對話，是什麼樣的對話呢？趙志國不敢想又要想。他手臂枕在腦後，兩眼看著傾斜的天花板，心裡有很多情緒流淌過去。他並不特別地抓住什麼，任憑它們過去。他好像在作一個醒著的夢，他但願這是一個醒著的夢，這樣既可攫取些快樂，又不必負責任。可他知道天下沒有這樣兩全其美的事情。他不像張思葉、張思蕊這樣滿足於作夢，也沒有胡迪菁那樣創造現實的勇氣和魄力。他夾在中間，兩頭不著，是尷尬中的尷尬。不過他也有一種順水推舟的本能，使他可以在人家栽的樹下乘乘涼，可也正因為此，最終他往往一無所獲。房間漸漸暗下去的時候，他眼前忽然出現了張思蕊，心中好像受到一擊。一陣顫抖穿身而過，好像高燒又上來了。他閉上眼睛，面前卻倒明亮起來。

以後的幾天，趙志國天天等待著發生什麼，卻什麼也不發生。他忍不住窺察胡迪菁的臉色，也很平靜，不像有什麼心事。趙志國幾乎要以為那天下午的對話是發燒過頭的幻覺，明明又知道不是。他不知是慶幸還是遺憾，悻悻的又懨懨的，無精打采，幹什麼都提不起勁。人們以爲他是感冒尚未痊癒，只有胡迪菁心裡明白。她有點得意還有點氣不過，她想，趙志國你弄錯了，天下女人不都是張思葉和張思蕊。她還有意地不給他機會，吃過飯就早早地上樓，再也不出來。這時，趙志國的病假也到了頭，只得去上班。趙志國人去上班，心還在家裡。早上出來，他想漫長的一天又開始了。傍晚回家，胡迪菁的平靜臉色就像當頭一盆涼水。每天晚上他都有勞而無獲的心情，輾轉反側，很是折磨，眼見得人都有些憔悴，人們還都以爲是病的緣故。胡迪菁看在眼裡，難免心軟，不由地想：我是個女人，你要我怎麼樣呢？這麼一想，便有點傷感。她的傷感也被趙志國捕捉到了，心裡有一種欣悅。他想，那些終究不是白白的了。那些是什麼，又怎麼會是白白的，是連他自己都追究不清的。胡迪菁就好像不讓趙志國好過似的，一見他有欣悅之色，立即又平靜了臉色，什麼也沒有的樣子。這一擒一縱眞是把趙志國搞得夠嗆。就是這夠嗆教他捨不下似的，還是殷殷切切每天去看胡迪菁的臉色。胡迪菁又有點好笑，心想既是如此這般爲什麼就不能開口說一句話？再想這句話當是句什麼樣的話呢？又當怎樣說呢？心裡就有些可憐他，也可憐自己。這種心情倒把他們拉近了。

這一天，胡迪菁收拾了碗筷，就在桌上鋪開裁剪攤子，又燒熨斗，擺出大幹一番的架式。趙志國有點明白她的意思，稍晚些便下樓來了。胡迪菁朝他笑笑，問了他些閒話，氣氛很靜謐。趙志國甚至想：就這樣其實也很好。這是退而求其次的想法，可是進又有怎樣的前景呢？所以，這也是不得已的想法。趙志國看胡迪菁用尺和滑粉在熨平的布料上果斷地畫下線條，笑道：大嫂嫂比我們廠繪圖工畫的線條還好呢！胡迪菁笑笑。他又問了些關於剪裁的幼稚的問題，好像成了個多嘴的小孩。胡迪菁有的回答他，有的不回答他，表示他的問題沒有價值。兩人這麼東拉西扯的，不知不覺時間就在過去。胡迪菁看看鐘說時間不早了，便收攤準備上樓。趙志國有些失落可也不知道自己究竟要什麼，遲疑一下只得起身。走到門口，胡迪菁卻叫住了他，他猛一陣心跳簡直不敢回頭。胡迪菁停一下，然後緩緩說道：趙志國，你要保重身體。他木木地說一句：我知道。胡迪菁接著說：人在世上只有自己保重自己，人人都是泥菩薩過河，自身難保，也有時是心有餘而力不足。趙志國心裡一陣難過，好像被什麼打中了。胡迪菁的聲音在靜夜裡聽起來就像從極遠處傳來：世道是這樣，能平安就好，人心不可太苛求。她這話像是什麼都說了，又像什麼都沒說。趙志國他等待多日的什麼好像等到了又好像沒等到。他心裡亦悲亦喜，亦明亦暗。他一直沒有回頭，背朝著胡迪菁。他在門口站了有足足一分鐘，終於走了出去。

16

這年剛入夏就來了一場颱風，把樓下院子一棵枇杷樹，一棵夾竹桃，還有一棵梧桐颳得枝葉亂搖，歪歪倒倒。剛開始颳風，姆媽就在窗口往下看，看了有兩日，忽然很欣慰地出了房門，對眾人說：梧桐已經颳倒，連根都出來一半了。大家說：倒就倒，反正這樹不是我們家的，連這院子也不再是我們家的了。姆媽卻說：倒了好，自從里弄來我家院裡種下這棵梧桐，我們家就禍事連連，如今倒了，霉運也該過去了。就好像眞應了姆媽的話似的，第二天，爹爹就回了家來，大家眞是又驚又喜，懷著柳暗花明的心情，卻又不敢相信。爹爹回家後隔天就去上班，家裡人惴惴地等了一天，傍晚時見他慢慢地走進弄堂，才鬆下一口氣。爹爹回來說去了那裡，也沒讓做什麼事，看了一天報紙。第二天再去，還是看報紙，然後回家。這麼一天一天過了下去，大家的心才慢慢放定。爹爹吃過晚飯，有時候站在陽台看樓下的夾竹桃。夕陽久久不下去，白晝很長，傍晚的天色很晴朗。這情景有一點雨過天青的氣象，又像度過漫長的冬季，溫暖的春夏來臨了。弄堂裡有了一些動靜，門窗開閉的聲響，無線電裡傳出的歌曲。有時天很晚了，還會有人在敲誰家的後門，敲門聲打破了夜晚的死寂。這一個夏天，街道上比以往擁擠了一些，行人來去，有了一種流動的空氣。車輛也較忙碌了一些，將人們從這裡載到那裡，那裡載到這裡。有一次趙志國又去外灘，聽見汽笛的長鳴，悠揚地在藍天下迴盪。他搭乘一班輪渡去浦東，再從浦東到浦西。他嗅著腥臭潮濕的江水的氣息，看著船下滔滔不盡的江水，心裡很清明。海關大鐘有著永恆的表情，它就好像是這城市的象徵。趙志國忽然熱淚盈眶，他以爲這城市已經成廢墟了，卻原來還安然無恙。他以爲自己也已經成廢墟上的碎磚破瓦了，卻原來好好的也還在。

爹爹回來，給家裡帶來整肅的空氣，一些無形中消失的規矩又在無形中回來了。吃飯時，大人孩子不再話多，碗筷碰撞的聲響也收斂了。飯後各回各的房間，亭子間的各種聚會不宣自散。大妹小妹老實了許多，有了長幼之分，說話不敢放肆，見了趙志國不再叫趙志國，而叫「姑夫」了。家裡又有了秩序和約束，這情景有一種復興的味道，還有整頓的味道。它使這個七零八落的家，在內部凝聚起來。有時走過亭子間，想起那些熱鬧的日子，簡直恍若隔世，並且還有點膽戰心驚。趙志國不由慶幸地想：總算安然過去了。他這時很高興歲月的不留痕跡。但果眞是不留痕跡嗎？張思蕊不是走了嗎？可再一想，張思蕊的走，根本上是爲上山下鄉潮流所推，時代是誰也無法抗拒的。這樣，有了時代作擋，趙志國便可泰然了。有了紀律的家庭雖然沉悶一些，卻可消除非分之想，使人走在既定的軌道上，省去許多麻煩，避開危險。非分之想是消耗精力和情感的東西，非分之想還是破壞性極大的東西，它往往有著得不償失的後果。這個家騷動不寧的空氣在爹爹回來之後一掃而盡，煙消雲散，張思蕊是一個犧牲品。

趙志國也不敢回想胡迪菁那個晚上的話，他有一種羞怯和懊惱的心情，好像露了醜又被胡迪菁抓住了似的。可在深處他還有一層感激，這層感激的意思又是他不能細想的。他從此就將胡迪菁看作是一個最近又最遠的人。在這個家裡，他其實是孤獨的，有舉目無親之感，胡迪菁可減輕一些孤獨之感。在他與胡迪菁之間的不無猥褻之處的關係裡，倒並不全是壞的東西，在那百無聊賴無事生非的調情底下，畢竟蘊含了末世人生淒苦無奈生就出的互助願望。在這麼一個混亂無章的時代，情感便也是混亂無章的，欲望也是混亂無章的。如今，趙志國與胡迪菁的關係倒因爲紀律的重新約束，屏除了不潔的成分，只留下一些較爲純也較爲眞的東西。趙志國漸漸平息了懊惱的情緒，心裡剩下的就全是對胡迪菁的感戴了。他有時候回家來，第一個看到的人就是胡迪菁，心裡會有一種愉快。夕陽照進亭子間朝北的窗戶，胡迪菁繫著圍裙在煤氣灶邊忙碌，頭上染了一點陽光，是和平的景象。

不久，張思葉從農場回來了。這一日，姆媽幾乎要燒香磕頭了。她想：家道眞是要轉運了。張思葉回來是在晚上，事先來了電報，趙志國就去車站接她。到家後，她先去看了爹爹姆媽，再去看了哥嫂侄女兒，然後就洗頭洗澡，回了三層閣的房間。中間，趙志國出來拿什麼東西，在樓梯上與胡迪菁打了個照面，兩人都本能地向後一讓，躲閃了目光。他再回到房間，便覺得房間有些兩樣。這晚上，趙志國和張思葉躺在一張床上，趙志國心裡忽然有一種放空了的感覺，一陣悲愴升起，他發現事情並不是他以爲的那樣簡單，這幾乎有點切膚之痛了。可是又能怎麼樣呢？他又能怎麼樣呢？

17

生活又一天一天往下過。日常生活有著極強的消化能力，它消化壞事情，也消化好事情。它將壞事情和好事情都吞噬了，一如既往地向下流淌。而趙志國沒有想到的是，張思葉的回來，竟會給他的生活帶來大轉變。這種轉變不是形式上，而是在他心裡。他下班走在路上，起先還是歡喜滿懷，可一想到張思葉在，腳下便遲疑了。張思葉在房間裡，他就覺得這房間不是他的，他只是一個陪客。飯桌上有了張思葉，他也成了陪客。那三層閣的房間還有牢籠的感覺，有了張思葉，他就不能隨意進出了似的。張思葉其實是溫順的，隨和的，樣樣都聽他的。可就是這溫順，隨和，樣樣聽他，織成一座藩籬，綿軟地囚住了他。和張思葉在一起的晚上，總是很漫長，他們早早就熄燈睡了。有時候他想在晚上去朋友家玩玩，可是一想每天傍晚張思葉在曬台上等待張望他回家，又於心不忍。在這樣的日子裡，他最大的快樂似乎就是在樓梯或過道，與胡迪菁的不期而遇。這時候，光線是暗的，互相看不清面容。溫馨和憂傷彌漫開來。這就像是一種人生的際遇，照耀了枯乏的日常歲月。

現在，在房間裡作夢的不再是張思葉，而換了趙志國。趙志國有一天注意到，張思葉整理東西時，翻到一隻編織一半的玻璃絲金魚，她漠然看了一眼，隨手丟進了廢紙簍，這個動作有告別往昔閨閣生活的意味。趙志國本來躺在床上，兩眼望天，這時心裡不由一動，忽感到一陣內疚。他不能不想到，生活對張思葉是不夠公平的。但這念頭只是一閃，很快過去，剩下的還是張思葉自己的苦悶。張思葉看著他，心裡會想：趙志國的心飛到哪裡去了呢？她想不出來。張思葉是個對人對事不那麼嚴格的人，尤其在這樣一個連她的立足之地都難保持的時代裡，她又能計較些什麼呢？無論怎麼說，趙志國在她身邊，就在這張床上，她心裡就踏實，滿足，別無他求。和趙志國在一起，她還有轉瞬即逝之感。她對命運沒什麼信心，給她一天她就只有一天。因此她別無他念，全部身心都在眼下的這一天裡。她就好像進行數學裡的約分似的，將她的感情、欲望、要求、快樂都簡約到最小倍數。你可以說她作夢，也可以說她很清醒。

張思葉預感中的事情很快就來臨了，分配方案最終下來，他們這一屆學生極大部分去外地。這就像一個嘲弄，也像懲罰。他們這個學校，歷來都是本市招生，本市分配，投考這一所學校有一半以上學生是爲了避免離開上海，他們都是最愛上海的人。那天張思葉去學校開會，很晚還不回來。趙志國讓大家先吃飯，自己出去接她。走到轉彎處的街心花園，卻見沉沉暮色裡坐著低頭垂淚的張思葉。初聽這消息，趙志國感到的不是難過，而是煩惱。他想到這一走不比上一走，一個是暫時，一個是永遠。他再又想到自己怎麼辦，難道分兩地嗎？分兩地這念頭一生出他便平靜下來，好像問題有了答案。他勸張思葉回家，別在這裡一個人傷心，大家等她等久了都會不安。張思葉搖頭說，讓她乾一乾眼淚再回去，否則姆媽也會難過的，說著眼淚又掉了下來。趙志國就不好再勸她，只得在她身邊坐下。這時候，月亮出來了，將樹叢投下許多陰影。張思葉忽然往趙志國身上一靠，柔聲說：我不是離不開家，我是離不開你。她滿是淚痕的臉龐流露出少女初戀似的表情。趙志國沉默著，然後輕輕推開她說：回家吧。張思葉卻不依：再坐一會兒嘛！趙志國說：等會兒大妹小妹要是出來，看見了又要取笑了。張思葉這才站起來，可一反身抱住了趙志國的頸脖。這時候，她好像豁出去似地，不管不顧。她像個小女孩似地吊住趙志國的頸脖，還湊上嘴唇。趙志國覺得這有點愚蠢，也有點尷尬，他想把張思葉的手從脖子上解開，卻怎麼也解不開。張思葉忽然變得非常執拗，又非常纏綿，和她一貫的作風大相逕庭。她把臉埋在趙志國的頸窩裡，久久不抬起頭。不知過了多長時間，她抬起臉很滿足地微笑著，說了聲，謝謝，然後鬆開了手。這一聲「謝謝」卻教趙志國慚愧起來，還有點感到淒楚，對張思葉不公平的感覺又一次升上了心。

爹爹聽說張思葉學校的分配去向，很果決地說了句：不走。他說：我一個兒子和我劃清界線，一個女兒去了吉林，留一個女兒在身邊，可說是功過罰全都抵消。他又看了趙志國一眼說：男人養不起你，我做爹爹的養你。趙志國就有些尷尬地叫了一聲爹爹，爹爹打斷他，繼續說道：別看爹爹現在是赤手空拳，手腳還叫縛住，可是底氣還在，後勁是有的，你們的耐心要長久一些。這話裡有悲涼也有憤慨，還有一股雖然遭受挫折卻鋼火不滅的威勢，宛如又是當年。他這話句句有因，落在兒女婿媳的心上相當有分量，於是，鴉雀噤聲。他這一席話其實是他多日鬱悶的發洩，他坐在房間裡常常想，是不是他前世作過什麼孽。抄家、審查、批鬥，他倒可以處之坦然，他想世事沉浮都是當然。他一生經歷的可說是刀山火海，土匪綁架，日本人打耳光，股票滑坡，押寶押了個空心湯糰。他不怕破財，也不怕害命，他就是喜歡大起大落的人生，聲色俱厲。眞正打擊他的是他的兒女。他想，老大總算讀完書，討了老婆，卻只生女不生男，想想還有二兒子吧，二兒子卻與他一刀兩斷，他倒覺得這有點像自己，可惜世道不行，魄力用錯了地方，他如一輩子不回來見老頭子也算他有種；同樣是走，女兒張思蕊的走卻傷了他心，他覺得女兒不是走，而是嘲笑他做爹爹的沒有能力，留不住她；再一個嘲笑他沒能力的就是張思葉了。她嫁這個趙志國，是爹爹他最窩囊的事情，簡直是賣身投靠。這趙志國的漂亮瀟灑又使他像個吃軟飯的，是最會給女人苦頭吃的那類男人。他冷冷看了這幾日，心想，到頭來，還不是都要靠在爹爹我的身上？他對自己說他想走下坡路也走不得了，說這話心裡又是淒楚又是驕傲。他望著窗外一方漆黑的天，心裡嘈嘈雜雜的全是往事。

從岳父房裡回來，趙志國心裡憋氣，臉上卻不好表露，就笑著說：張思葉，這一來，我想叫你走，也不敢叫你走了。張思葉心裡雖然也不太痛快，但總還是更顧忌趙志國的心情，便開玩笑地說：我不成了吃白飯的了。趙志國聽出她和稀泥，不由冷笑道：你這碗白飯也是你爹爹給的，不是我給的，我想給也給不起。張思葉沒想他能說出這一串話來，先是不作聲，然後慢慢說：看起來，誰的飯也吃不得，還是吃自己的好。趙志國卻跳將起來：張思葉，你這話是什麼意思？難道是指我吃你們家飯嗎？你們別以爲我趙志國住你們的三層閣，就算吃你們家飯，這三層閣夏天熱，冬天冷，長年不見太陽，就像是個監牢，我就算是吃你們飯，吃的也是牢飯。張思葉吃驚地看著他，她頭一回看見他這種失態的樣子。她聽出趙志國的話雖是氣話，卻自有一種辛酸之處，連聲音都哽住似的，眼圈也紅了。她等他全部說完，頹然倒在床上，然後走到他身邊，用手輕輕撫摸著他的頭髮，緩緩地說：趙志國，我沒想到你在我們家過得這樣不快樂，我很難過，可我沒有辦法。趙志國不動，她又繼續說：趙志國，我總是想對你好，可是我不知道該怎麼對你好，我不知道你要什麼，你要什麼呢？她低頭看著趴在床上的趙志國，一陣憐惜湧上心頭，就將他的頭抱在了懷裡。

18

這樣的發作是不能開頭的，一旦開頭，便沒個完了。它說是發洩，其實還是火上澆油，使人心情更加惡劣，還使人誇張這種惡劣的心情。趙志國如今就好像受到了天大的委屈，種種不如意都湧上心頭。有些不如意是眞的，有些不如意是他假想出來的。這些不如意還有一個歪曲的表象，那就是，一切全都是張思葉造成的。他好像忍耐到了極限似的，再也強作不出笑臉。他在外面還好好的，在家裡也好好的，一進三層閣臉就沉下了。他心裡邊好像有許多不耐煩，這時候一下子噴發出來，張思葉簡直不敢和他說話。看見張思葉小心翼翼的樣子，他心裡也會難過，可是不耐煩的心情是這樣強烈，他一點都克制不了。有時候他也會覺得這並非他的本意，那麼，什麼才是他的本意呢？他心裡眞是苦悶得要命，苦悶的由頭卻一點不明白。張思葉也苦悶得要命，本就覺得欠了趙志國的債，這會兒又加上了利息，還也還不清了。趙志國對一家老小都是和顏悅色，還有那麼一點曲意奉承，唯獨見了張思葉，氣就不打一處來。張思葉既感激他顧全大局，給她面子，又奇怪趙志國縱然不像她對他那麼愛，可也不至於恨她像恨仇人。後來，她想出一個辦法，就是盡可能少和趙志國單獨相處。她就拉大嫂嫂侄女兒到亭子間聊天，又讓大妹小妹去叫趙志國。

這一回，張思葉成了亭子間的熱心的主持者。她很擔心冷場，想出一個又一個話題。她寄希望於胡迪菁，她看出胡迪菁與趙志國有著共同的興趣，她引導他們去回顧往昔的上海。她還寄希望於大妹小妹的熱鬧，讓她們講些今日的奇聞。並不是那麼伶俐的張思葉可謂動足了腦筋，她變得八面來風，笑口常開。胡迪菁不由暗暗思忖：張思葉是怎麼了，換個人似的。她也看出張思葉力不從心，有心要幫她一把，卻不知該在哪裡出力，在哪裡出力都不妥似的。趙志國自然是知道張思葉用心的，心裡想可憐她，結果卻更恨她。於是這兩人都悶著，雖不離去，也不開口。大妹小妹很高興，她們以為快樂的時光又返回來了。祖父回來後，把她們的自由減去幾分，現在就像要還給她們似的。可三個大人都揣了心事，兩個孩子又能如何。她們發現她們的熱鬧沒有響應，便也掃興了。面對這樣的局面，張思葉有時候會一陣疲勞襲來，就像心臟出現早搏或者停搏的情形，她虛弱得連笑一笑也覺困難了。她勉力說道：你們玩，我上面有點事，就自己上了樓。她躺到床上，拉開被子蒙了頭，無聲無息地哭了。大妹小妹見大娘娘走，就也走了，最後只剩下趙志國和胡迪菁。他們悶悶坐著，四下裡靜得要命，他們幾乎能聽見空氣流動的聲音，像河水那樣潺潺的。夾竹桃的香氣彌漫起來，令人暈眩。電燈有時就像燭光那樣閃一下，暗一暗又格外地明亮起來。他們聽見了彼此的心跳，一下一下地打擊空氣。寂靜中，所有細碎的聲息全都浮起，反而喧鬧起來。這是一種密不透風、滴水不漏的綿實的喧鬧，不是切切嗟嗟的那種，是無所不在，因而便如無聲一樣的那種。趙志國忽然越過桌子，握住了胡迪菁的手，手裡的針扎破了他的指頭，出了血，他卻不覺得。胡迪菁這一驚非同小可，她往外抽手卻抽不動，還把趙志國從桌子那邊拉到了這邊。她站起來要走，趙志國卻不讓走。他的臉扭歪了，變成個醜八怪。胡迪菁壓低聲說：趙志國，你要死！又說：趙志國，我要叫人！聽到這話，趙志國好像清醒了一點，說：你叫好了，叫來人，你我一個也跑不了！胡迪菁一聽就火了：你是在要挾我嗎？趙志國又軟下來，賴皮似地說：我怎麼敢？胡迪菁說：那你走開！趙志國漲著臉不走開。僵持了一會兒，趙志國突然爆出一句：可憐可憐我。胡迪菁不由地也說了一句：可憐可憐我。又僵持了一會兒，趙志國終於鬆開手，悻悻走出亭子間，上樓去了。

胡迪菁站在忽明忽暗的電燈下，好像作了一個噩夢。手裡的針掉了，她彎下身子找針，找了半天，才又看見針連了線，吊在正縫著的衣服上。她的臉先是紅著，然後又白了。方才的一幕，甚至比方才更清楚地又從眼前走過一遍，趙志國的話也從耳邊過了一遍。她慢慢地坐下，拿起針線，一針一針地縫起來。她在心裡說：趙志國，你要死，人家可是要活呢！她將時間倒回去，將這一年來的每日每夜都細細地檢查一遍。檢查過去的歲月有種不好受的感覺，她就好像在用一把尖銳的刀子，把那些歲月從心上剝離開來，再切成碎塊，然後左翻右看。剝離的疼痛卻被恐懼抵消了。她漸漸平靜下來，頭腦格外清明。她發現一切都像是發生在昨天，無一遺忘，一年來的大小瑣事全被她細細密密篦頭髮似地篦了一遍沒有篦出一個虱子，還都篦通梳齊。她不覺舒出一口氣，將手裡的針線收拾起來，當她站起身時，忽然一陣戰慄從腳底升起。她嗅到一股趙志國身上的氣味，這是不抽菸不喝酒講衛生的健康男人的那種有點清甜的氣味。她幾乎跌坐下去，可氣味一下子過去，無影無蹤。胡迪菁覺出心裡的空洞，這是一個巨大的無底的空洞，什麼也沒有了。

19

這一天下午，爹爹單位裡來了兩個人。他們將姆媽叫到二樓，當面啓開二樓房間的封條，並且清點了房內的家具，讓姆媽在一張清單上蓋了手印，就走了。

姆媽站在暗沉沉、灰蒙蒙的房間裡，半天醒不過來。她恍惚間想起日本人投降之後，重慶來的接收大員將他家工廠定爲敵產，封了家門之後又甄別平反的情景。她這一生就總是在翻手爲雲覆手爲雨的政治底下生存，飄搖無定。她說不上來有多麼高興，她只是覺得，什麼事情都是有限度的，不可好得太過，好得太過就要壞了。這其實是辯證唯物論的思想，她不是從書上讀來的，而是從閱歷上讀來的。她有些惶惶不安地拉開了窗幔，這是「文革」之前的紫色平絨綴有黃色流蘇的窗幔。窗幔上的灰紛紛落下，在直射進來的陽光裡好像一場小雨。她幾乎睜不開眼睛，她看見樓下院子裡的夾竹桃和枇杷樹伸手就可以觸到似的，心裡這才有點高興。

以後的幾日，家裡充斥了一股等待的情緒。這情緒有點不安，還有點焦急，有了掩飾，人們臉上就都作出什麼也沒有發生的樣子。吃飯的時候，人們說著各種事情，就是不說樓下開封的房間，回到自己的房間也不說。大家都耐住性子，等待爹爹作一個決定。而爹爹就好像在磨練大家的性子，又好像吊大家胃口，遲遲不宣布他的決定。這等待的情緒漸漸積累起來，一天一天的，就變成一股緊張的氣氛。人們還是很有韌勁地堅持著和悅，平靜，無所事事的笑容。回到房裡，各幹各的，一字不提。人們還格外地性情平和，一切高興和不高興都偃旗息鼓，準備迎接爹爹的決定。爹爹是在一星期之後，一個很平常的時間裡開口的。她對胡迪菁說：大妹小妹都大了，和你們擠一個房間不好了，讓她們住到三層閣，思葉他們讓出來，到我和姆媽的房間，我們到二樓去。他寥寥幾句將人們期盼已久的事情安排停當，就回了自己的房間，再由姆媽來傳達一些補充條例。姆媽說，原先他們房間裡的家具不動了，留給思葉他們，也算是給思葉的陪嫁。三層閣的家具，思葉也不要動，給了大妹小妹。思蕊回來則住二樓的亭子間。

這個安排是有人歡喜有人愁的安排。在老大夫婦心裡，本有個盤算，就是爹爹他們的房間給他們，這樣，他們便可獨占三樓兩個朝南大間，思葉呢，本該住出去的，可趙志國沒房子，讓他們繼續住三層閣，也是有理有情。爹爹要開恩，給他們一個二樓的大間，那就皆大歡喜。他們卻不知道，爹爹留住二樓大間，說是和姆媽一起住，一間臥室，一間起居，其實有一間是爲老二留的，只是不肯說出嘴。爹爹還有一層不肯說的意思，則是他所以厚待思葉夫婦，是爲了趙志國厚待張思葉。他早看出趙志國對張思葉無所謂，張思葉卻少不得趙志國。這是他每每想起就要嘆息的。

老大當下就不高興了，拂袖而去。胡迪菁維持了一下也沒維持住，跟著上去了。姆媽只作看不見，讓趙志國明天就調休搬房間，她想早點安頓下來，早點氣平。時間拖長，這口氣也生得越長。趙志國嘴裡答應著，心裡也受了感動。他畢竟不是沒良心的人，對爹爹的好意是能夠心領神會的。他想，自己雖說只是個女婿，張家卻沒有當他外人。他甚至還厚道地想到：自己連一點點快樂都不給張思葉，張思葉卻是這樣全心全意。但自尊心又不讓他立即待張思葉好，生怕會被她看輕。因此他面上還是冷冷的，愛理不理。張思葉並不在乎，她是看得出趙志國心思的微妙的。她先動手收拾東西，登高爬下也不叫他幫忙，忙了半天忽聽趙志國在身後說一句：你瞎忙什麼，明天我反正要調休。張思葉心裡不由樂開了花，嘴上卻只說：把零碎收拾好，明天全力以赴幫爹爹姆媽搬。趙志國就說吵了他睡覺，張思葉這才依從地歇了手。她關了大燈開一盞檯燈，看著趙志國閉著眼睛的臉，心裡說：趙志國，你眞是個大孩子，想裝也裝不像。

第二天早上，老大趕在爹爹出門之前提出，他們想和思葉夫婦換個房間。爹爹說，都是朝南大間，換來換去有什麼意思。老大便說：思葉他們的房間有陽台，他好養些花草。爹爹其實看出他的心思不在換房，卻是一個發難，只作不覺，說：人還養不活，養什麼花草？就走出了門去。老大就對趙志國說：你們先不要忙著搬，關於這房間怎麼安排還沒有定。說罷也出了門去。趙志國也不便說，上午幫岳母從三樓搬到二樓，下午依然去上班。搬房間的事就這樣擱了下來。過了一日的晚上，姆媽來敲他們房門，說有事商量。看老人家一臉爲難，就知道爲房子的事情不好開口，趙志國先就主動說：姆媽你有什麼事儘管說，我們做小輩的都會體諒的。他這話說得張思葉幾乎感激涕零，她想趙志國表面上冷冰冰，心裡其實全有數的。姆媽這才說道：爹爹把大間給你們，老大心裡是不高興的，他現在提出換房間，明擺著是要作難，但依了他也好教他消氣，我想你們反正是不在乎一個陽台的。趙志國立即說：就依大哥哥好了，家具也由他們挑，剩下的再給我們。趙志國雖然心中不平，可究竟不想讓老人們太爲難。再說他也知道做人良心要平的道理。他還考慮到大家住在一起，將來還要處下去，他雖然讓了房，卻占了理，也是爲以後鋪平道路。姆媽聽了他的話，心裡就放定了，趕緊去老大房裡，邀功討賞似地去報告。不料老大聽了反而更不高興，好像趙志國同意換房沒有稱他的心反而違他的意了。他陰了半天臉才說：實話告訴你吧，姆媽，我本來不是爲了一個陽台，我是覺得不公平。趙志國他家沒房子，我們收留了他，在極困難的情況下還劃出一只三層閣給他們住，可算是仁至義盡。爹爹要養女兒在家，我沒有意見，將來我也要養個女兒在家。要說爹爹還有兒子好靠，我去靠誰？所以這朝南大間我想來想去，還是給大妹小妹才擺得平。這一番話說得有理有節，教人不好反駁。姆媽看看埋頭在一邊織毛線的胡迪菁，心裡想：這話很像是她說的，就醞釀著也講幾句給她聽。停了一會兒，姆媽說：老大你的話倒句句是道理，不過我們這家裡爹爹還在，還輪不到和你講道理，難道你要爹爹來和你吵嘴，吵出個是非黑白？事情就這樣定了，明天你來搬房子，明天不搬後天思葉他們就住過去了。說罷就走了。

這話說得老大瞠目結舌，無以應對。胡迪菁心裡恨恨地想：你趙志國可是很會做人，叫換房間就換房間，還不是得了便宜賣乖嗎？想到趙志國她不由在心裡冷笑，又暗恨自己丈夫沒本事，句句話都要自己教，再下去，這家就不姓張，要姓趙了。正想到這裡，只聽老大問了一句：明天搬還是不搬？胡迪菁賭氣說：我怎麼知道。停了一會兒，老大很嫌煩地說：不搬算了，要那個陽台幹嘛？又不是吃飽飯沒事情做。胡迪菁看看他那樣子，心裡又氣又嘆。她忽然笑了一聲。老大說，你笑什麼？胡迪菁說她沒笑。老大則咬定她笑了，打鬧一陣，就有些把房子的事忘了。最後，胡迪菁承認說是她笑了，她是笑姆媽把趙志國當兒子似的。老大便又有些煩惱，說：這好笑在哪裡？胡迪菁就說她以爲好笑，好笑極了。老大說了她一句神經病。她說：到底也不知道誰是神經病，還是笑。老大不耐煩道：你有什麼話就直接說，不要九曲十八繞的，不說罷了。不料胡迪菁竟順水推舟，眞的不說了。老大卻又央求她，心裡生出好奇，覺得她眞像有什麼祕密。胡迪菁這才不笑了，緩緩道：這話還只能九曲十八繞地說，你會聽就聽了，不會聽就當我什麼也沒說。老大心裡急得像火燒，只逼著她快說。胡迪菁停了一會兒，開口先問他個問題：張思蕊爲什麼要走？老大就說：學校動員，政府號召。胡迪菁嘆了口氣道：你還就是不見棺材不掉淚的那種人啊！她站起來，拉開五斗櫥最下一格抽屜，在墳抽屜的報紙底下抽出幾張撕碎的紙。她說，張思蕊走後，姆媽要她將思蕊的小床拆掉，便看見床墊底下有幾頁碎紙，她隨便拿起一看，哪曉得寫的是這些，幸好她手腳快，否則就讓姆媽發現了。

20

張思葉覺得，一夜之間天塌下來了。她可以容忍趙志國一切，甚至可以容忍他的不愛她，可是她不能容忍他愛別人。這別人還不是那別人，卻是她的妹妹張思蕊。現在的趙志國，渾身縱然有一百張嘴也說不清了。一個少女如此熱戀於他，倘若沒有受到誘惑是令人難以置信的。事情到了這樣，趙志國也不想爲自己辯解，辯解是辯解不通的。最使他意外的並非事情這樣發展，而是推動事情這樣發展的竟是胡迪菁。整整一天一夜，趙志國和張思葉將自己關在房裡，閉門不出。他們背對背躺在床上，不說一個字。他們所以將自己關在一個房間裡，是因爲沒有另一個房間好去。也沒有人敲他們的門，叫他們。他們躺在一張床上，卻彼此不關心，好像房間裡只有各自的自己。有時候，他們有一個睡著了，另一個醒著，又有時候，他們兩個都睡著了。醒來的時候，屋裡好像又是一番景色，不由地想：這是在什麼地方？他們心裡都很平靜，浮現起許多細碎的事情。很多場景從他們腦海裡掠過，都是平面的，沒有聲息，不成章節的。而且掠過去之後就再回想不起來。這些場景源源不斷，河水似的，他們是河水上漂流過去的一片樹葉，旋轉而下。睡眠眞是個好東西，它幫助人們度過最最煎熬的時間，它是受打擊時候的最好呵護，它將我們與殘酷的現實柔情似水地隔離開來。而且它們總是在我們最痛苦，最不敢相信又不能不相信的時刻不期而至，大約是受了心靈暗中的召喚，是自我保護本能進化的結果。現在，趙志國和張思葉就在時睡時醒中度著他們受打擊的最初階段。他們的睡眠將時間隔成一段一段，時間變成了空間的形狀，一塊明，一塊暗，這麼樣地進行。他們在睡眠裡有時候還特別快樂，就好像在歡度佳節。他們無緣無故地喜悅滿懷，他們簡直要從睡夢裡笑醒，心撲通撲通地跳。這時候的夢大都是快樂的好夢，不快樂的夢幾乎一個沒有。他們臉上都帶有歡喜的表情。

當趙志國一個最長的覺醒來之後，張思葉不在了。這時候房間裡是暗的，他想這是一個黃昏。可是房間裡卻一點一點亮了，於是他又想：這是一個黎明。他漸漸才發現張思葉不在房間。他的意識回來得很慢，就好像人類從混沌走向清醒的整個過程，有一種撥開迷霧的景象。他起初發現張思葉不在，還覺得很平常，好像一開始張思葉就沒在這個房間裡，或者是後來去了學校開會。他像一個不慣動腦筋的人那樣吃力地開動起腦筋，他慢慢回憶起一些事情。這些事情發生在一個遙遠的年代，逐步向他走近。倏忽間，所有的可怕的難堪的情景都回來了。他陡地從床上坐起，出了一身冷汗，他想：不行，我要去找張思葉。他匆匆穿好衣服，繫鞋帶時，他感覺到手指的綿軟無力，並且很隔膜，就像是別人的手。當他走到門前，手握住門把時，他猶豫了，他想，他還能走出這個房間嗎？此時此刻，他是徹底地清醒了，一陣痛苦襲上心來。他咬咬牙，轉動門把，拉開了門。樓梯上暗暗的，所有的房間都關著，人們都還沒起來。趙志國走下樓時，覺著自己就好像偷偷潛入人家裡的一個竊賊，滿心害怕。他輕輕開了後門，聽見司必靈鎖在身後輕快地碰上。晨曦給街道罩上了面紗，他好像觸摸不到這個城市似的。他想，張思葉去了哪裡呢？他跨上自行車，覺得自己簡直身輕如燕。他沿了馬路緩緩向前騎，有清潔工在掃地，掃帚在路面發出沙沙的聲響，還有提著菜籃的人在行走。一切都和昨天一樣，可是一切都和昨天不一樣了。趙志國看見灰白的街面從他車輪下很流暢地往後退，還看見樹從他的身邊往後退，天是在他的頭頂，紋絲不動。有金黃色的光線從樓房的縫隙裡穿射過來，一切景物都加了層顏色。有小孩子在路上跑跑跳跳，說著教人聽不懂的話。還有個膽大的奔到趙志國的自行車前，大聲嚷了一句又跑開了。趙志國又想：張思葉去了哪裡呢？街上的人幾乎浩蕩起來，自行車也浩蕩起來。人們都去上班，而他去找張思葉。後來，沿街的商店拉開了鐵柵欄，還有些小店在一塊一塊地卸門板。陽光柔和了一些，也溫暖了一些，變成紛紛揚揚雨絨似的東西。浩蕩的趕路的人群車隊過去了，來了一些閒逛的人，他們三五成群，腳步從容，漫無目的，臉上帶著悠然的表情。他們在櫥窗前停留著，伸出手來指指點點。

趙志國又來到了外灘，是陽光最輝煌的時刻。江水發亮，輪船靜泊在岸邊。他從高大的建築底下駛過，然後來到江邊。他走在江邊的人群裡，耳邊只有風的鼓盪，還有三個字：張思葉。

張思葉在輪渡上，從浦西到浦東，再從浦東到浦西。她搭上清晨第一班輪渡，開始了她的旅行。她目睹太陽從江心升起，霞光萬丈。她從浦東看見金光四射的浦西外灘，好像一個悠久的傳奇。她還從浦西看見浦東的工廠和農田，煙囪吐著煙，田裡開著油菜花。她無數次地接近上海這城市，又無數次地離去。她看著這些建築就好像第一次看見，不認識了它。她看著江水在輪下一道道地翻滾，無窮無盡。它們向太陽的一面是綠色的，背太陽的一面是灰色的。江上的風和街道上的風不一樣，它是有氣息有觸覺的，氣息是鹹，觸覺是潮濕的。她看見太陽在她頭頂的天空旅行，她在太陽底下旅行。風將她吹潮，太陽再將她曬乾；風將她吹涼，太陽再將她曬暖。太陽越過她的頭頂漸漸向西，她有幾次看見它在浦西的岸上滯留，然後接近樓房，從樓的間隙裡，擠身而過。它的餘光在樓縫裡滯留了一會，好像一個背影，最後消失殆盡。暮色是從江底升起，冉冉地升上天空。江上的暮色和街道上的暮色也不同。它含著水分，使它變得沉甸甸的有了重量。它在空氣中洇染開來，使空氣也變得沉甸甸。然後燈亮了。浦西的燈是一條一條，一塊一塊；浦東的燈是像星星一樣，一點一點。浦西的黑影有分明的輪廓；浦東的黑影是混沌一團。她在江心時，浦東和浦西和她一般遠，風強勁地吹著她，將她的衣服鼓成一面帆。將她的心也鼓成一面帆，江心很黑暗，江水深不可測。輪渡上的乘客一會兒多，一會兒少，有時候蜂擁而入，有時候寥寥無幾。他們有的高談闊論，有的沉默不語。錨噹噹地響，纜繩也響。最終踏上跳板，上了岸，她覺得好像夜半出遊到了另一個城市。她看看天空，天空有暗色的浮雲。

她走回自己的家，人們已經睡覺。樓梯上靜無聲息。她聽見自己的腳步聲，好像聽著人家的腳步聲。她走上三樓，推開三層閣的門，日光燈使她目眩了一下。床邊站起了趙志國，他們發現彼此都變得陌生，而且面色蒼白，形容憔悴。他們倆僵持了一會兒，有一會兒都要說話結果都沒說。最後，是張思葉開了口。她的聲音很平靜，卻像是另一個人在說話。她說：趙志國，學校裡要我去杭州那裡的小三線，離杭州二十里路。趙志國就問：杭州也有小三線嗎？她說是的，已經建設得很好。趙志國說：好不好很難說，不可輕信人言。他們說著這些，就好像什麼也沒發生過。張思葉說：不管那裡怎麼樣，說起來總是靠近杭州，爹爹姆媽也會覺得安慰。趙志國也說：小三線不管怎麼樣總也是上海的企業，和上海到底藕斷絲連。他們說得甚至有些興奮，還有些熱烈，眼睛卻都看著別處。張思葉說，每到寒暑兩假，就有專車去往上海，其實在不在上海也無所謂，她現在對上海眞的無所謂。趙志國說，他也對上海無所謂，他和她一起去。張思葉便停下了，回頭看著趙志國。趙志國並不看她，眼睛看著地上。張思葉的嘴唇抖動起來，眼淚落了下來，趙志國的眼淚也落了下來，他們倆一起哭了。他們哭得很傷心，他們彼此都受了欺負，這欺負是深到骨頭裡去，痛到心肺裡去。他們都遭到背叛，趙志國背叛張思葉，胡迪菁背叛趙志國，可他們又像是共同地被什麼背叛了，這種背叛是不分你我的。他們不知道是被誰害了，好像掉進一個陷阱，傷痕累累。他們用手蒙住臉，眼淚從指縫裡往外流。他們想，這是怎麼了，事情怎麼這樣地糟糕，這樣地糟糕。他們心裡眞是痛得要命，他們一輩子都別想活好了，他們一輩子都沒有幸福可言，也沒有自尊可言了。他們實在是傷得太重了，爲了一間房子，他們竟傷成這樣，這房子他們不要了，現在房子還有什麼意義，還有什麼快樂？這事情究竟是怎麼開的頭，怎麼走到這一步。他們雖不是太好的人，可也絕不是最壞的人，爲什麼要受這種懲罰。他們心痛成這樣，什麼時候才能好？他們哭了很久，眼睛都哭累了，心也哭累了，他們已經哭不動了，心都在流血了。他們共同地想起很久以前那個午後，他們在這裡頭一次睡在這張床上，這一個午後現在想起，眞是心如刀割。許許多多漫不經意建設起的東西，「啪」一聲推倒竟是那麼挖心挖肺。趙志國還想起在農場的那個緊急集合的晚上，他走在隊伍旁邊，忽然看見了隊伍裡的張思葉。他哭了又哭，張思葉不哭了，他還在哭。他從裡到外都是創口，眞是千瘡百孔。

趙志國和張思葉決定去杭州附近那個小三線地方。他們後來了解到那裡離杭州是二百里，而不是二十里。可也無所謂了。這是他們唯一的選擇，他們還能怎樣?他們只有「走」這條路。這個家不能待了，上海也不能待了，所有的東西都在提醒他們的創痛。他們都已平靜下來，接受了打擊。張思葉想，這本就是一個受損失的時代，假如得到什麼，結果就是加倍地失去。趙志國想，他是一個走背運的人，他總是趕不上繁華似錦的好日子，先是擠進一個尾聲，然後，在黯淡時光的最盡頭，輝煌的序幕將要拉開，他卻已謝幕，不屬於那齣好日子的戲中人了。他作出和張思葉一同走的決定，除了落荒而逃，也有一些情之所致。他想他還是不愛張思葉。但他以爲張思葉是他人生的同道人。在這樣一個末世般的時代，他已無所多求。

一稿，一九九三年四月二十五日，北京

二稿，一九九三年五月三日，北京

王安憶主要作品目錄

簡體字版

1.《雨，沙沙沙》（小說集） 百花文藝出版社，一九八一年
2.《黑黑白白》（小說集） 少年兒童出版社，一九八三年
3.《王安憶中短篇小說集》 中國青年出版社，一九八三年
4.《流逝》（小說集） 四川人民出版社，一九八三年
5.《尾聲》（小說集） 四川人民出版社，一九八三年
6.《小鮑莊》（中短篇小說集） 上海文藝出版社，一九八六年，二〇〇二年十月二版
7.《黃河故道人》（長篇小說） 四川文藝出版社，一九八六年
8.《69屆初中生》（長篇小說） 中國青年出版社，一九八六年；北岳文藝出版社，二

〇〇一年四月

9.《母女漫遊美利堅》（遊記） 與茹志鵑合著，上海文藝出版社，一九八六年
10.《蒲公英》（散文集） 上海文藝出版社，一九八八年
11.《海上繁華夢》（小說集） 花城出版社，一九八九年
12.《旅德的故事》（遊記） 江蘇文藝出版社，一九九〇年
13.《流水三十章》（長篇小說） 上海文藝出版社，一九九〇年，二〇〇二年十月二版
14.《神聖祭壇》（小說集） 人民文學出版社，一九九一年
15.《米尼》（長篇小說） 江蘇文藝出版社，一九九二年
16.《故事和講故事》（文學理論集） 浙江文藝出版社，一九九二年
17.《荒山之戀》（小說集） 「跨世紀文叢」，長江文藝出版社，一九九三年
18.《烏托邦詩篇》（中篇小說集） 華藝出版社，一九九四年
19.《紀實與虛構》（長篇小說） 人民文學出版社，一九九四年，二〇〇一年六月二版
20.《父系和母系的神話》（作品集） 浙江文藝出版社，一九九四年
21.《乘火車旅行》（散文集） 中國華僑出版社，一九九四年
22.《長恨歌》（長篇小說） 作家出版社，一九九五年

23. 《中國當代作家選集叢書・王安憶》（中短篇小說集） 人民文學出版社，一九九五年
24. 《傷心太平洋》（小說集） 華藝出版社，一九九五年

王安憶自選集共六種 作家出版社，一九九六年

25. 《王安憶自選集之一・海上繁華夢》
26. 《王安憶自選集之二・小城之戀》
27. 《王安憶自選集之三・香港的情與愛》
28. 《王安憶自選集之四・漂泊的語言》
29. 《王安憶自選集之五・米尼》
30. 《王安憶自選集之六・長恨歌》
31. 《人世的沉浮》（中篇小說集） 文匯出版社，一九九六年
32. 《王安憶短篇小說集》 明天出版社，一九九七年
33. 《心靈世界》（文學理論集） 復旦大學出版社，一九九七年
34. 《姊妹們》（小說自選集） 華夏出版社，一九九七年
35. 《重建象牙塔》（散文集） 遠東出版社，一九九七年
36. 《屋頂上的童話》（小說集） 山東友誼出版社，一九九七年

37.《一個故事的三種講法》（兒童長篇小說） 明天出版社，一九九七年
38.《獨語》（散文集） 湖南文藝出版社，一九九八年
39.《接近世紀初》（散文集） 浙江文藝出版社，一九九八年
40.《塞上五記》（散文集） 吉林攝影出版社，一九九九年
41.《王安憶散文》（散文集） 華夏出版社，一九九九年
42.《王安憶小說選》（英漢對照） 中國文學出版社，一九九九年
43.《隱居的時代》（中短篇小說集） 上海文藝出版社，一九九九年，二〇〇二年十月二版
44.《我愛比爾》（中篇小說） 南海出版公司，二〇〇〇年
45.《妹頭》（中篇小說） 南海出版公司，二〇〇〇年
46.《男人和女人 女人和城市》（散文集） 雲南人民出版社，二〇〇〇年
47.《崗上的世紀》（小說集） 雲南人民出版社，二〇〇〇年
48.《富萍》（長篇小說） 湖南文藝出版社，二〇〇〇年
49.《剃度》（短篇小說集） 南海出版公司，二〇〇〇年
50.《窗外與窗裡》（散文集） 瀋陽出版社，二〇〇一年一月；廣州出版社，二〇〇一

年八月

51.《我讀我看》（散文集） 上海人民出版社，二〇〇一年四月

52.《弟兄們》（中短篇小說集） 中國文聯出版社，二〇〇一年九月

53.《三戀》（中篇小說集） 浙江文藝出版社，二〇〇一年九月

54.《傷心太平洋》（小說集） 「中國小說五十強一九七八～二〇〇〇」，時代文藝出版社，二〇〇一年十月

55.《尋找上海》（散文集） 學林出版社，二〇〇一年十一月

56.《上種紅菱下種藕》（長篇小說） 南海出版公司，二〇〇二年一月

57.《流逝》（中篇小說集） 「新經典文庫」，春風文藝出版社，二〇〇二年五月

58.《西沙窗下》（散文集） 上海文藝出版社，二〇〇二年十月

59.《現代生活》（中短篇小說集） 雲南人民出版社，二〇〇二年

60.《荒山之戀》（小說集） 「拾穗者」，中國當代中篇小說經典文庫，中國文聯出版社，二〇〇二年

繁體字版

1.《雨，沙沙沙》（小說集）　新地出版社，一九八八年
2.《叔叔的故事》（小說集）　業強出版社，一九九一年
3.《逐鹿中街》（小說集）　麥田出版，一九九二年，二〇〇三年二版
4.《香港情與愛》（小說集）　麥田出版，一九九四年，二〇〇二年二版
5.《紀實與虛構——上海的故事》（長篇小說）　麥田出版，一九九六年，二〇〇二年精裝版
6.《風月——陳凱歌、王安憶的文學電影劇本》　遠流出版，一九九六年
7.《長恨歌》（長篇小說）　麥田出版，一九九六年，二〇〇二年二版
8.《憂傷的年代》（小說集）　麥田出版，一九九八年
9.《處女蛋》（小說集）　麥田出版，一九九八年
10.《隱居的時代》（小說集）　麥田出版，一九九九年
11.《獨語》（散文集）　麥田出版，二〇〇〇年
12.《妹頭》（中篇小說）　麥田出版，二〇〇一年
13.《富萍》（長篇小說）　麥田出版，二〇〇一年

14.《尋找上海》(散文集) 印刻出版公司，二〇〇二年
15.《上種紅菱下種藕》(長篇小說) 一方出版公司，二〇〇二年
16.《剃度》(小說集) 麥田出版，二〇〇二年
17.《我讀我看》(散文集) 一方出版公司，二〇〇二年
18.《小說家的13堂課》(原題《心靈世界》，文學理論集) 印刻出版公司，二〇〇二年
19.《米尼》(長篇小說) 印刻出版公司，二〇〇三年
20.《海上繁華夢》(小說集) 印刻出版公司，二〇〇三年
21.《現代生活》(小說集) 一方出版公司，二〇〇三年
22.《閣樓》(小說集) 印刻出版公司，二〇〇三年
23.《流逝》(小說集) 印刻出版公司，二〇〇三年

INK PUBLISHING
王安憶作品集 3

流逝

作　　者　王安憶
總 編 輯　初安民
責任編輯　高慧瑩
美術編輯　張薰方
校　　對　余淑宜　高慧瑩

發 行 人　張書銘
出　　版　INK印刻出版有限公司
台北縣中和市中正路800號13樓之3
電話：02-22281626
傳真：02-22281598
e-mail：ink.book@msa.hinet.net
法律顧問　漢全國際法律事務所
林春金律師

總 經 銷　成陽出版股份有限公司
訂購電話：03-3589000
訂購傳真：03-3581688
http：//www.sudu.cc
郵政劃撥　19000691　成陽出版股份有限公司
印　　刷　海王印刷事業股份有限公司

出版日期　2003年9月　初版
ISBN 986-7810-59-7
定價　260元

國家圖書館出版品預行編目資料

流逝／王安憶著.--
初版，--臺北縣中和市：
INK印刻，2003〔民92〕面；
公分（王安憶作品集：3）
ISBN 986-7810-59-7（平裝）

857.63　　92011854

INK INK INK INK INK
INK INK INK INK INK INK
INK INK INK INK INK
INK INK INK INK INK INK
INK INK INK INK INK
INK INK INK INK INK INK
INK INK INK INK INK
INK INK INK INK INK INK
INK INK INK INK INK
INK INK INK INK INK INK
INK INK INK INK INK
INK INK INK INK INK INK
INK INK INK INK INK
INK INK INK INK INK INK
INK INK INK INK INK
INK INK INK INK INK INK
INK INK INK INK INK
INK INK INK INK INK INK
INK INK INK INK INK
INK INK INK INK INK INK
INK INK INK INK INK
INK INK INK INK INK INK
INK INK INK INK INK
INK INK INK INK INK INK
INK INK INK INK INK
INK INK INK INK INK INK
INK INK INK INK INK